MURDLE JÚNIOR

PREPARADOS, LISTOS... ¡A INVESTIGAR!

MURDLE JÚNIOR

PREPARADOS, LISTOS... ¡A INVESTIGAR!

40 MISTERIOS

¡Rómpete el coco!

G. T. KARBER

Traducción de Xavier Beltrán

ALFAGUARA

Papel certificado por el Forest Stewardship Council®

MIXTO
Papel
FSC® C117695

Penguin Random House Grupo Editorial

Título original: *Murdle Jr. Ready, Set, Solve!*

Primera edición: junio de 2025
Primera reimpresión: julio de 2026

Printed in Spain – Impreso en España

ISBN: 978-84-10489-24-0
Depósito legal: B-6.413-2025

Compuesto en Punktokomo, S. L.
Impreso en Huertas Industrias Gráficas, S. A.
Fuenlabrada (Madrid)

AL 8 9 2 4 A

Para Rose y TJ

ÍNDICE

CÓMO FUNCIONA
(¡LÉELO PRIMERO!)

Lucas, Olivia y Félix Felínez, tres de los mejores detectives júnior del mundo, habían visitado un montón de lugares misteriosos. Habían viajado a la escalofriante nación de Draconia, donde resolvieron asesinatos en un castillo. Habían conocido al famoso Detective Lógico y al Inspector Irratino y habían aprendido muchas cosas de la Dama Obsidiana, la célebre escritora de novelas de misterio. También habían recuperado unas joyas desaparecidas y evitado el fin del mundo.

Pero nunca habían subido a bordo de un ovni.

Por lo menos, no hasta ese momento.

Que quede claro que no nos referimos a ningún objeto volador no identificado, un término que se utiliza para describir cualquier objeto del cielo que no podemos identificar. Nos referimos a una nave espacial extraterrestre de verdad, auténtica y cien por cien real. El típico artefacto que solo se ve en viejas películas de ciencia ficción y en los videojuegos. Y en ese preciso instante Lucas, Olivia y Félix Felínez se encontraban en una sala blanca a bordo de lo que parecía un ovni, que, por lo visto, los había abducido, hablando sobre el alienígena muerto que tenían justo delante.

—Hay algo que no encaja —dijo Lucas—. Todo esto me da mala espina. —Lucas era un detective intuitivo y siempre se fiaba de su instinto.

—Estamos a bordo de un ovni —respondió Olivia. Ella era la detective consultora; le encantaban los datos y las cifras, y era capaz de resolver un caso sin levantarse de la silla—. No hay espinas que valgan. Nos han abducido. Pero ¿por qué a nosotros tres y no a Julia?

Félix Felínez no dijo nada. En parte, porque era un detective silencioso, dotado con el poder de la observación sigilosa. Pero en realidad se calló porque en verdad era un gato. De hecho, Félix Felínez era el mejor gato detective del mundo, y ya es decir, puesto que todos los gatos son un poco detectives.

Y, mientras el resto de los detectives intercambiaban impresiones y datos, Félix Felínez ya se había puesto patas a la obra. Sabía resolver casos a la perfección.

¿QUIÉN ESTABA A BORDO DEL OVNI?

LA CAPITANA PIZARRA

Hizo historia al ser la primera mujer astronauta sospechosa de matar a su copiloto.

(1,68 M • ZURDA • OJOS MARRONES • PELO CASTAÑO)

EL COSMONAUTA BLUSKI

Es un famoso astronauta de Draconia, cuyo programa espacial recibe muy pocos fondos y los cohetes son de todo menos seguros.

(1,89 M • ZURDO • OJOS MARRONES • PELO NEGRO)

EL SEÑOR GRISÁCEO

Asegura que es humano, pero tiene una cabeza sospechosamente grande y redonda y dice que viene de un pueblecito llamado Lati Erra, así que...

(1,53 M • ZURDO • OJOS VERDES • CALVO)

Primero, los detectives debían enumerar a todos los posibles sospechosos. Sin contar a los tres jóvenes, en el ovni había otras tres personas. Para ello las reunieron a todas en una misma habitación y tomaron notas:

¿QUÉ UTILIZÓ?

UNA MOCHILA COHETE

Es una forma estupenda de desplazarse si no te importa hacerte unas cuantas quemaduras en las piernas.

(PESADA)

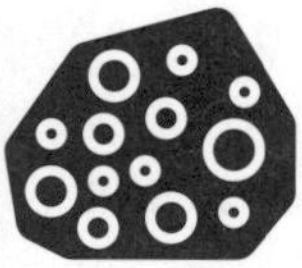

UNA ROCA LUNAR

Generalmente, esas rocas no se ven lejos de la Luna.

(PESO MEDIO)

UNA PLUMA ESPACIAL

Puede escribir hacia arriba, en el espacio o dentro del mismo Sol, pero no le queda tinta.

(LIGERA)

Después hicieron una lista con todas las armas que podrían haberse usado para cometer el asesinato.

Por último, exploraron los alrededores y descubrieron todos los lugares donde se podrían haber ocultado los sospechosos durante el asesinato.

¿DÓNDE ESTABAN?

EN EL DORMITORIO

Donde duermen todos los alienígenas cuando no van por ahí abduciendo a gente.

(ENERGÍA SOÑOLIENTA)

EN EL PUENTE DE MANDO

El centro de control de una nave espacial se llama así. Es confuso porque no hay ningún puente, ya lo sé.

(ENERGÍA HEROICA)

EN LA SALA DE LAS ARMAS

Allí hay toda clase de armas alienígenas, como pistolas láser y rocas.

(ENERGÍA PELIGROSA)

Félix Felínez sabía que cada uno de los sospechosos se escondía en uno de esos lugares y que tenía una de esas armas. Se dispuso a examinar las pistas que habían encontrado. Las pistas eran básicamente estas:

PISTAS Y PRUEBAS

El Cosmonauta Bluski estaba durmiendo en el dormitorio.

La Capitana Pizarra no estaba en un lugar con energía peligrosa.

La pluma espacial se encontraba en el puente.

La roca lunar no estaba en la sala de las armas.

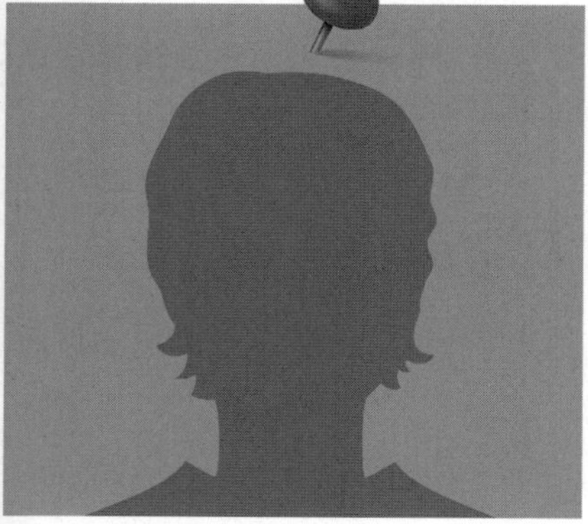

¡Cerca de la víctima había ligeras quemaduras!

Para averiguar quién tenía cada objeto, Félix usó una técnica llamada «cuadrícula de deducción». Como no disponía de pulgares, le costaba rellenar una cuadrícula sobre el papel, pero por suerte Félix contaba con una inteligencia felina muy aguda y pudo hacerlo mentalmente.

La cuadrícula de deducción es una herramienta que resulta muy útil para resolver misterios. Se trata de una tabla que te ayuda a establecer las relaciones que hay entre dos elementos. Por ejemplo, aquí ves la cuadrícula de deducción que necesitarás para resolver este misterio. Fíjate en la flecha que señala el cuadrado que representa si la Capitana Pizarra estaba o no en la sala de las armas. (Ver Figura 1).

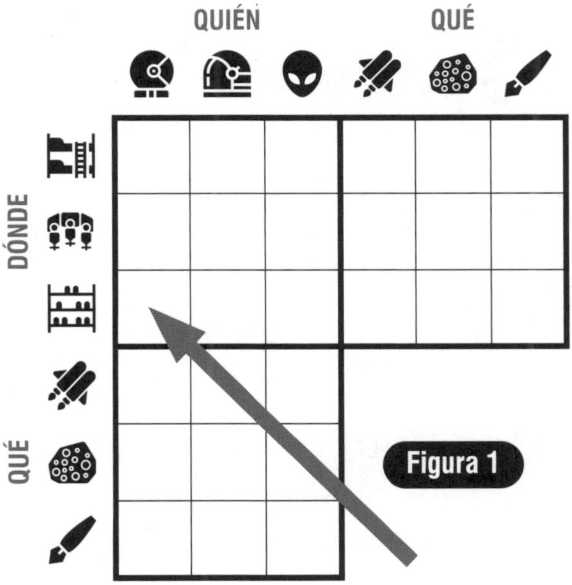

Figura 1

Pero, para comprenderlo del todo, deberás usar la cuadrícula de deducción y analizar las pistas una a una. La primera pista es muy fácil: **«El Cosmonauta Bluski estaba durmiendo en el dormitorio»**.

Haremos una marca en el cuadrado para indicar que el Cosmonauta Bluski estaba en el dormitorio. (Ver Figura 2).

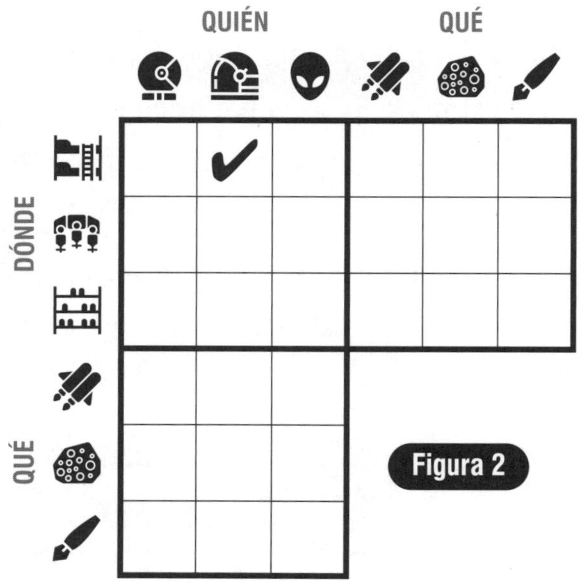

Figura 2

Pero eso no es todo lo que puedes deducir gracias a esa pista. Si el Cosmonauta Bluski estaba en el dormitorio, entonces no se encontraba en el puente de mando ni en la sala de las armas. Y, como Félix sabía que solo una persona podía esconderse en cada sitio, entonces ni la Capitana Pizarra ni el Señor Grisáceo estaban en el dormitorio.

Puedes poner una equis en esos cuadrados. (Ver Figura 3).

Félix pasó a la segunda pista: «La Capitana Pizarra no estaba en un lugar con energía peligrosa». Ahora debes fijarte en la información sobre los lugares con un poco más de atención para averiguar cuál tenía energía peligrosa. Tras investigar la descripción de las habitaciones, sabemos que la sala de las armas era el lugar con energía peligrosa.

Por lo tanto, podemos poner una equis en el cuadrado que une a la Capitana Pizarra con la sala de las armas, porque ¡la Capitana Pizarra no estaba en la sala de las armas! (Ver Figura 4).

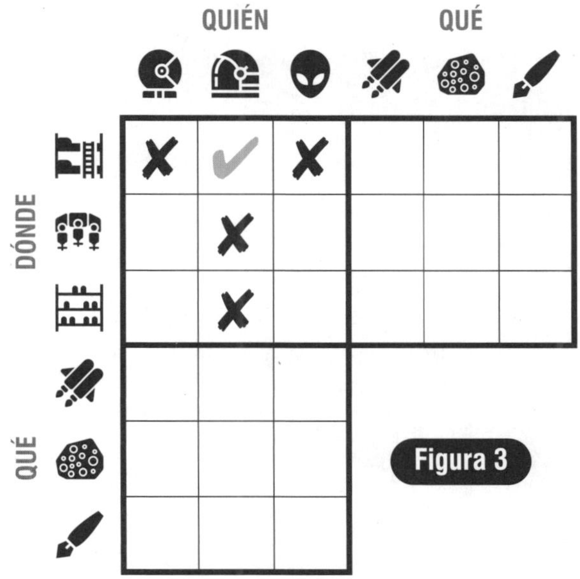

Figura 3

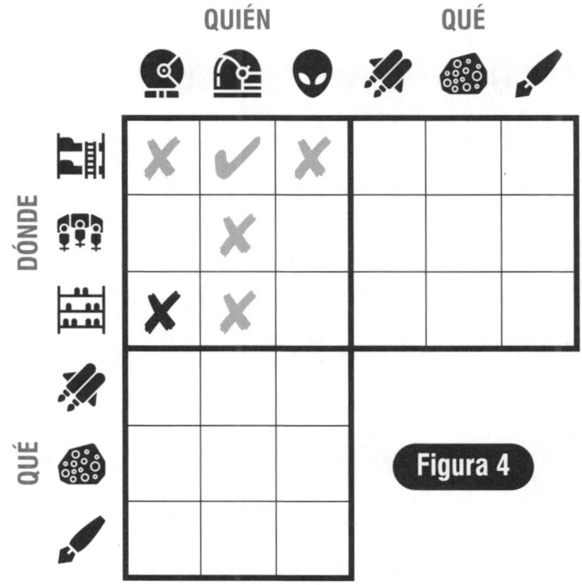

Figura 4

Pero con esa pista aún podemos deducir algo más.

Si la Capitana Pizarra no estaba en la sala de las armas y tampoco en el dormitorio (porque el Cosmonauta Bluski estaba allí), entonces se encontraba en el puente. Y, si la Capitana Pizarra estaba en el puente, el Señor Grisáceo no podía estar ahí. Así pues, el Señor Grisáceo debía de hallarse en la sala de las armas. ¡Y ahora ya sabemos dónde estaban todos los sospechosos! (Ver Figura 5).

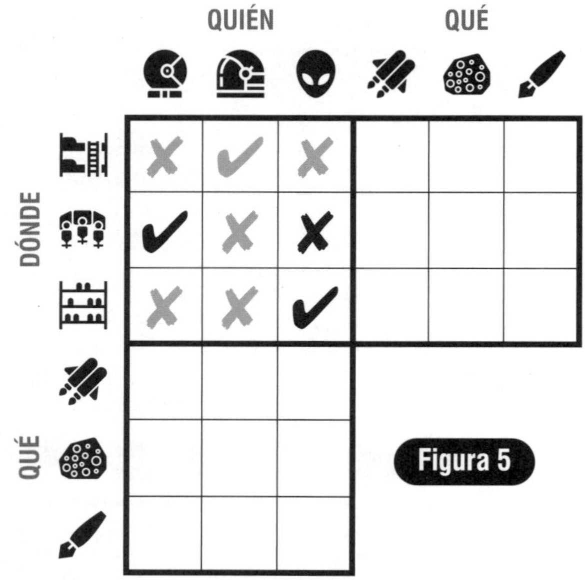

A continuación, Félix tuvo que averiguar qué objeto llevaba cada sospechoso, así que pasó a la tercera pista: **«La pluma espacial se encontraba en el puente»**.

Por lo tanto, podemos poner una marca en el cuadrado que une la pluma espacial y el puente, y también equis en los otros cuadrados de esa fila y esa columna. (Ver Figura 6).

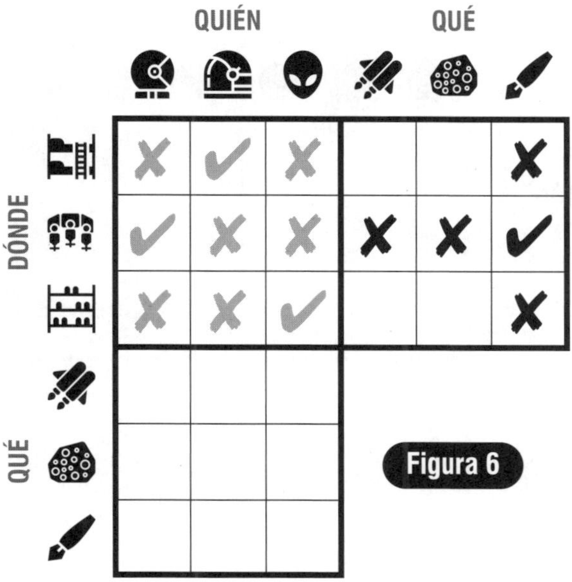

Figura 6

Pero ¡eso no es todo! Félix pudo deducir otra cosa. ¿Te has dado cuenta tú? Por lo general, al principio los nuevos detectives tardan un poco en entender este paso, pero, cuando le pilles el tranquillo, ¡será pan comido!

Esta es la otra deducción: si la pluma espacial estaba en el puente y la Capitana Pizarra también estaba en el puente, ¡la Capitana Pizarra debía de tener la pluma espacial!

Por lo tanto, puedes poner una marca en el cuadrado que representa a la Capitana Pizarra y la pluma espacial, y también equis en los otros cuadrados de esa fila y de esa columna, ya que la Capitana Pizarra no podía tener ninguna de esas otras armas y, además, ninguno de los otros sospechosos podía tener la pluma espacial. (Ver Figura 7).

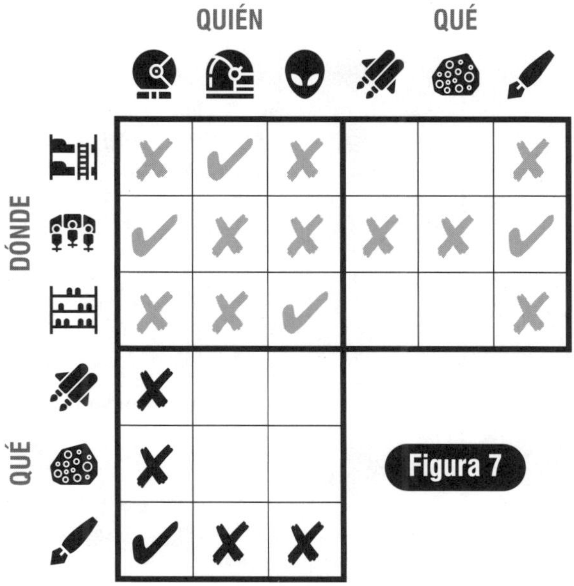

Figura 7

Ya puedes pasar a la siguiente pista: «La roca lunar no estaba en la sala de las armas».

Toca poner una equis en el cuadrado que une la roca lunar y la sala de las armas. (Ver Figura 8).

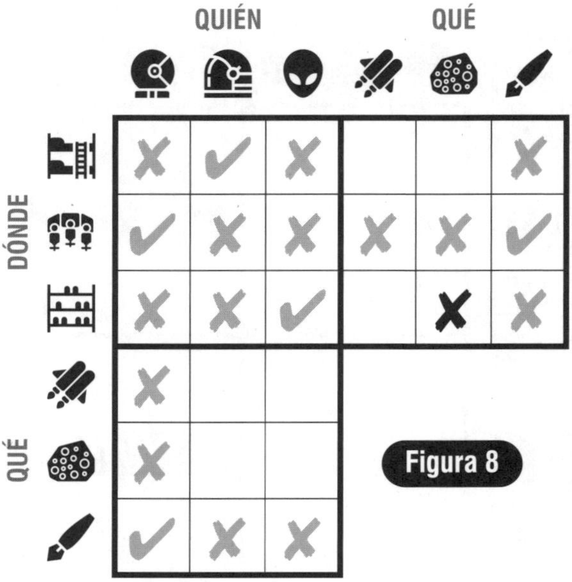

Figura 8

Por tanto, la roca lunar tenía que estar en el dormitorio, ya que la pluma espacial se encontraba en el puente. En ese caso, la mochila cohete debía de estar en la sala de las armas. (Ver Figura 9).

Ya sabemos dónde estaban todas las armas, pero ¡podemos deducir más cosas! Si la roca lunar estaba en el dormitorio y el Cosmonauta Bluski se encontraba en el dormitorio, el Cosmonauta Bluski debía de tener la roca lunar. Y, si la mochila cohete estaba en la sala de las armas y el Señor Grisáceo estaba en la sala de las

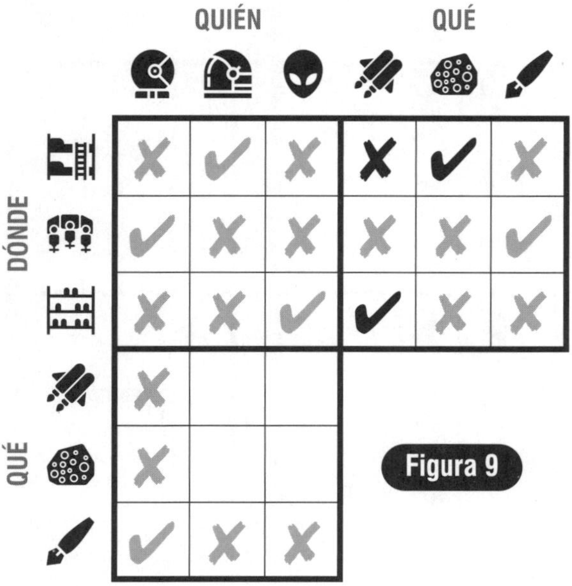

Figura 9

armas, ¡entonces el Señor Grisáceo debía de tener la mochila cohete! (Ver Figura 10).

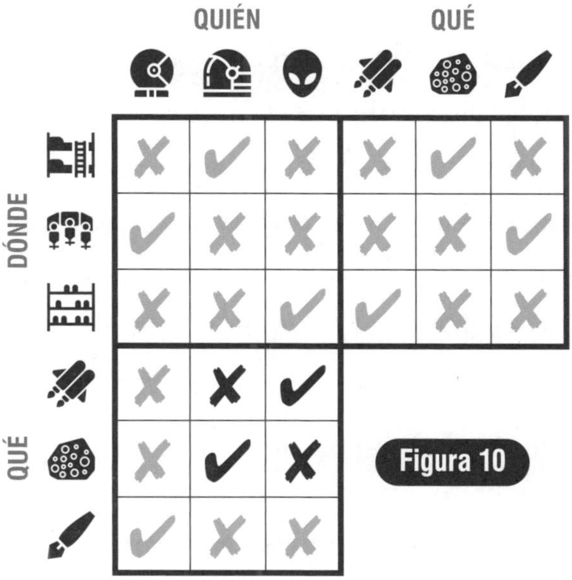

Figura 10

Ahora que hemos terminado de rellenar la cuadrícula de deducción, ya podemos pasar a la última pista: **«¡Cerca de la víctima había ligeras quemaduras!»**.

Esta última pista no nos dice quién tenía determinada arma ni quién estaba en cierto lugar, pero nos indica cuál de los sospechosos es el culpable. Las ligeras quemaduras son una referencia a la descripción de la mochila cohete, y, como sabemos que el Señor Grisáceo tenía la mochila cohete, entonces sabemos que...

¡Fue el Señor Grisáceo con la mochila cohete
en la sala de las armas!

Félix Felínez saltó sobre una máquina alienígena y siseó al Señor Grisáceo. Los otros detectives supieron qué ocurría porque ellos también habían llegado a la misma conclusión.

El Señor Grisáceo no se molestó en defenderse. Utilizó la mochila cohete para volar hasta una puerta e introdujo un código de cuatro dígitos en un teclado.

La puerta se abrió y, antes de que nadie pudiera detenerlo, el Señor Grisáceo salió disparado hacia las profundidades del ovni.

—¡Seguid al villano! —gritó Olivia. Y eso fue lo que hicieron.

Habían tenido mucho éxito como detectives júnior. Al principio, eran solo niños (y un gato) normales y corrientes que habían resuelto un misterio y habían pasado a formar parte del Club de los Detectives. No empezaron a investigar en ese ovni; todos ellos habían resuelto un misterio relacionado con el espacio y luego, como si tal cosa, los abdujeron y los trasladaron a ese extraño lugar, donde se disponían a perseguir a un alienígena con una mochila cohete.

¿Cómo habían llegado hasta allí? Este libro es la respuesta.

En estas páginas encontrarás cuarenta misterios parecidos a este. Cuando creas que has resuelto un caso, puedes leer la respuesta, que está escrita del revés al principio del puzle siguiente. Si te atascas, encontrarás una pista extra. Y, si continúas sin saber cómo seguir, ¡puedes pedirle a un amigo o a un familiar que te eche una mano!

A lo largo de este libro te encontrarás cara a cara con criaturas y cosas que no parecen formar parte de nuestro mundo: alienígenas, ovnis, gas atmosférico…

Sin embargo, es muy importante que un detective júnior tenga siempre curiosidad y se pregunte qué es lo que cree ver. ¿Son encuentros auténticos con formas de vida extraterrestres? ¿O hay una explicación mucho más... terrenal? ¡De ti depende que resuelvas estos casos y el misterio mayor que los conecta todos! Necesitarás tu ingenio, tu determinación y un lápiz afilado.

¿Estás preparado, detective? En ese caso, pasa la página y... ¡que comience tu investigación!

¡Buena suerte!

POR DÓNDE EMPEZAR

ESTE LIBRO CONTIENE CUATRO DE LOS MISTERIOS MÁS EXTRAVAGANTES que han tenido que resolver nuestros detectives júnior hasta la fecha. Puedes realizar la lectura en el orden que quieras, pero deberías leerlos todos antes de que se reúnan para *El caso en el espacio exterior* (página 181).

Si alguno de ellos te interesa más que los otros, ¡no dudes en empezar por su caso! Pero, si te da igual el orden, puedes comenzar con Lucas y seguir leyendo.

Lucas el Intuitivo sabe que a veces una persona conoce algo sin poder explicar por qué. Hace caso a sus corazonadas y luego las acompaña de lógica. A veces la pista más importante está en las estrellas o en las cartas del marot, y nunca se sabe dónde te va a llevar un indicio.

Félix Felínez el Fisgón es el detective más perspicaz de todos. Es capaz de olisquear un delito desde un kilómetro y un plato delicioso desde diez. Le gusta tanto la comida como la emoción de una persecución.

Olivia la Consultora es una auténtica cerebrito, probablemente una de las personas más listas de su edad de todos los tiempos. Sabe hackear un ordenador, calcular ecuaciones matemáticas complejas y deducir quién es el culpable sin ni siquiera tener que ensuciarse las manos.

Julia la Investigadora es una detective privada práctica y descarada. Va a una escuela privada muy pija, pero solo porque la han expulsado de todas las escuelas públicas. Sabe que a veces la mejor manera de descubrir quién lo hizo es acusar a todo el mundo y ver cómo reacciona la gente.

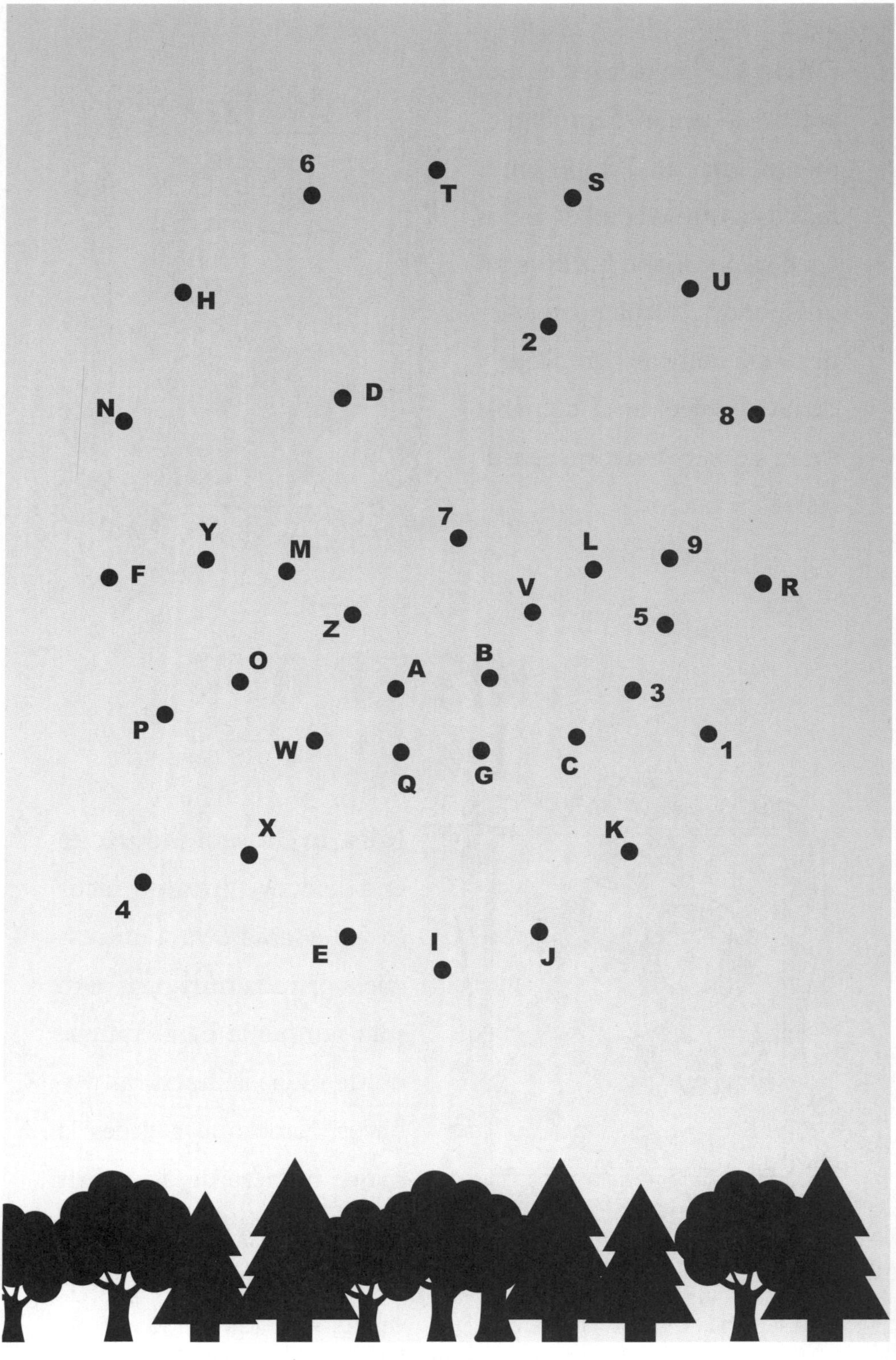

PRUEBA DOCUMENTAL A

LAS ESTRELLAS SOBRE EL INSTITUTO DE LA INVESTIGACIÓN

LUCAS

EN

EL MISTERIO DEL CIELO

LUCAS ESPERABA CON ILUSIÓN LAS VACACIONES PORQUE, mientras sus padres se iban a investigar los misterios de la Atlántida, él iba a pasar el verano en el Instituto de la Investigación.

Vale, sí, la última vez que estuvo allí una investigadora intentó ver el futuro y abrió un portal hacia una dimensión alternativa, por lo que estuvo a punto de destrozar por completo el tejido mismo de la realidad. Pero era improbable que volviese a pasar algo parecido, ¿verdad?

No, Lucas iba a pasarse el verano en el Instituto de la Investigación jugando en el Laberinto Imposible, trepando a la torre de observación, corriendo por los interminables pasillos de la biblioteca y divirtiéndose por ahí con Coral, su mejor amiga.

O, por lo menos, esa era su coartada.

En secreto, Coral y él se habían escrito para comentar un misterio que ella quería resolver. Por lo visto, en el cielo que había encima del Instituto de la Investigación se habían llevado a cabo una serie de extrañas lecturas astronómicas. Por lo que Coral sabía, los observatorios oficiales lo negaban todo. Pero la verdad no se puede ocultar, y Coral había conseguido que Lucas aceptase investigar con ella.

Aunque a Lucas no tardó demasiado en convencerlo, claro. Investigar era lo que más le gustaba en el mundo, y para él no había nada más importante que hacer preguntas, ni siquiera contestarlas. Juntos iban a descubrir qué había detrás del misterio del cielo y además se lo intentarían pasar bien mientras tanto.

El día en el que llegó al Instituto, en teoría Lucas debía elegir el trabajo que haría ese verano. En el Instituto de la Investigación, cualquiera podía elegir su propio trabajo veraniego, algo que a veces generaba un poco de caos porque todos querían ocupar el cargo de presidente. Lucas optó por ser observador del observatorio, un puesto que nadie había solicitado.

Su labor consistía en estar en el observatorio después de que este cerrara las puertas y asegurarse de que nadie usaba el telescopio. Quizá no era la persona más indicada para esa labor, ya que tenía la intención de usar el telescopio todas las noches, claro está.

—Buena suerte —le dijo Coral cuando él se fue la primera noche a «trabajar».

Lucas ayudó al astrólogo oficial del Instituto a cerrar las puertas y luego se puso a observar. Al cabo de unos cuantos minutos de dedicarse a mirar por el observatorio, sin embargo, decidió escudriñar el cielo. Y lo que vio por el telescopio lo sorprendió. Pero antes de nada debía descubrir qué era exactamente lo que veía.

Este es *El misterio del cielo*.

EPISODIO UNO

¡PUÑALADA EN LA FRENTE!

Cuando Lucas intentó utilizar el telescopio para investigar la corazonada de Coral, ¡vio que alguien había roto la lente! Pero ¿quién podía haber sido? Lucas iba a tener que reunir todas las pistas para descubrir quién lo había hecho y cómo.

¿QUIÉN ROMPIÓ EL TELESCOPIO?

LA CAPITANA PIZARRA

Es una famosa astronauta. Pero es más famosa por ser sospechosa de haber asesinado a su copiloto.

(1,68 M • ZURDA • OJOS MARRONES • PELO CASTAÑO)

LA ASTRÓLOGA AZUL

Cree que los movimientos de los planetas predicen la vida de la gente de la Tierra. Vale, no tiene pruebas de que sea así, pero tampoco tiene pruebas de que no.

(1,71 M • DIESTRA • OJOS MARRONES • PELO CASTAÑO)

LA ASTRÓNOMA GEMA

Una anciana que procede de la gran ciudad, donde las luces impiden ver las estrellas. Le encanta observar el cielo y no entiende por qué la gente no comparte esa afición.

(1,60 M • DIESTRA • OJOS AZULES • PELO GRIS)

¡Detectives! La solución de cada misterio aparecerá escrita del revés al principio del siguiente. ¡No te adelantes hasta que creas saber quién es el culpable!

¿CÓMO LO HABÍA ROTO?

CON UN PODEROSO TIRACHINAS

Con este chisme puedes lanzar una piedra de un lado a otro del océano.

CON UNA ARAÑA DOMESTICADA

A lo mejor te sorprende, pero las arañas son mascotas estupendas si se domestican bien.

CON UN NANOBOT CONTROLADO A DISTANCIA

Quizá sea demasiada tecnología para romper un cristal, pero, en fin, ¡si funciona...!

PISTAS Y PRUEBAS

La Astrónoma Gema llegó junto con su mascota, una araña domesticada.

La Astróloga Azul jamás usaría un nanobot controlado a distancia. (Se le daba fatal la tecnología).

Por la roca incrustada en la lente, Lucas sabía que el culpable había usado un poderoso tirachinas.

PISTA EXTRA

La Capitana Pizarra habría utilizado el nanobot controlado a distancia.

QUIÉN

CÓMO

	LA CAPITANA PIZARRA	LA ASTRÓLOGA AZUL	LA ASTRÓNOMA GEMA
CON UN PODEROSO TIRACHINAS			
CON UNA ARAÑA DOMESTICADA			
CON UN NANOBOT CONTROLADO A DISTANCIA			

¿QUIÉN?

¿CÓMO?

EPISODIO DOS

UN EXTRAÑO AVISTAMIENTO DE NOCHE

Lucas y Coral regresaron al observatorio y merodearon un poco. Examinaron las grabaciones de las cámaras de seguridad, los registros de acceso, las notas personales y mucho más para intentar averiguar qué había visto la Astróloga Azul en el cielo nocturno y por qué escribió esa nota con tres interrogantes.

¿QUÉ HABÍA VISTO?

LA EXPLOSIÓN DE UNA ESTRELLA

Para evitar peligros, nunca debes mirar directamente a una estrella que explota sin ponerte protección en los ojos.

UN DELFÍN VOLADOR

Está claro que sería un avistamiento muy raro, ¿no crees?

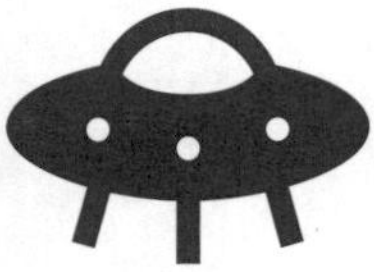

UN OVNI DE VERDAD

Un objeto no identificado, o sea, alienígenas. Auténticos extraterrestres.

Solución del Episodio Uno

¡Fue la Astróloga Azul con un poderoso tirachinas!

Lucas se lo contó a Coral, y los dos corrieron hacia la habitación de la Astróloga Azul, pero no la vieron. Tan solo encontraron el tirachinas en la mesa y, al lado, una nota que decía: «¿¿¿Te lo puedes creer???».

—¿Qué piensas que significa? —le preguntó Lucas a Coral.

—No lo sé —dijo Coral—. Debió de haber visto algo en el cielo que le costó asimilar. Pero ¿el QUÉ?

¿DÓNDE ESTABA EN EL CIELO?

JUNTO A LA LUNA

El objeto más grande, brillante y mágico del cielo nocturno.

JUSTO DEBAJO DE SIRIO

Un dato que es verdad de la buena: conocida como la estrella del perro, ¡Sirio es la estrella más brillante del cielo!

EN LA LENTE

Pues sí. No estaba en el espacio, sino en la propia lente del telescopio.

PISTAS Y PRUEBAS

Según una de las notas de la Astróloga Azul, cualquier aparición de un delfín volador seguro que se debía a un defecto de la lente.

Gracias a un documento que encontraron en el laboratorio, sabían que la explosión de una estrella no había ocurrido cerca de la Luna.

La Astróloga Azul se había obsesionado con algo que vio cerca de la Luna.

PISTA EXTRA

Como más tarde comentaron las revistas de astronomía, justo debajo de Sirio tuvo lugar la explosión de una estrella.

QUÉ

DÓNDE

	LA EXPLOSIÓN DE UNA ESTRELLA	UN DELFÍN VOLADOR	UN OVNI DE VERDAD
JUNTO A LA LUNA			
JUSTO DEBAJO DE SIRIO			
EN LA LENTE			

¿QUÉ?

¿DÓNDE?

EPISODIO TRES

EL AMIGO DE LA ASTRÓLOGA

Coral y Lucas querían encontrar a un experto que los ayudara a descubrir qué había visto la Astróloga Azul y por qué había decidido destruir el telescopio. Pero ¿quién podría ayudarlos y dónde estaba cada una de esas personas?

¿QUIÉN PODRÍA AYUDARLOS A ESCLARECER EL MISTERIO?

EL INSPECTOR IRRATINO

Es el líder del Instituto de la Investigación, al menos en esta realidad.

(1,89 M • ZURDO • OJOS VERDES • PELO CASTAÑO)

EL NUMERÓLOGO NOCHE

Es uno de los mejores matemáticos del Instituto de la Investigación, y también el único.

(1,80 M • ZURDO • OJOS AZULES • PELO CASTAÑO)

LA CAPITANA PIZARRA

Hizo historia al ser la primera mujer astronauta sospechosa de matar a su copiloto.

(1,68 M • ZURDA • OJOS MARRONES • PELO CASTAÑO)

LA ASTRÓNOMA GEMA

Cree que lo más bonito del mundo es el cielo. Lo conoce de punta a punta y adora todas las estrellas menos una.

(1,60 M • DIESTRA • OJOS AZULES • PELO GRIS)

Solución del Episodio Dos

¡Era un ovni de verdad, junto a la Luna!

—¡¿Vio a extraterrestres?!

—A ver —dijo Coral—, quizá es que no pudo identificar qué era. Después de todo, «ovni» significa «objeto volador no identificado».

—Sí, supongo que tienes razón. Pero ¡debe de haber alguien en el Instituto con quien podamos hablar para saber más cosas!

¿DÓNDE ESTABA?

EN LA BIBLIOTECA INFINITA

Si te alejas en una dirección, al final terminas volviendo al punto de partida.

(INTERIOR)

EN EL LABORATORIO SECRETO

Allí es donde se llevan a cabo innovadores experimentos de alquimia.

(INTERIOR)

EN EL DESVÁN ESCALOFRIANTE

Lucas cruza los dedos para que no tengan que visitar jamás ese desván.

(INTERIOR)

EN EL LABERINTO IMPOSIBLE

La gente a menudo se pierde ahí dentro y hay que rescatarla. Y luego hay que rescatar también a los rescatadores.

(EXTERIOR)

PISTAS Y PRUEBAS

La Astrónoma Gema no se encontraba en el Laberinto Imposible, ¡era demasiado fácil perderse!

Irratino, el tío de Lucas, estaba llevando a cabo un innovador experimento de alquimia.

La Capitana Pizarra estaba construyendo su propio cohete espacial en el desván escalofriante.

El mejor lugar donde enterarse de cualquier cosa era la biblioteca infinita.

PISTA EXTRA

¡El Numerólogo Noche estaba en el Laberinto Imposible!

QUIÉN

DÓNDE

	EL INSPECTOR IRRATINO	EL NUMERÓLOGO NOCHE	LA CAPITANA PIZARRA	LA ASTRÓNOMA GEMA
EN LA BIBLIOTECA INFINITA				
EN EL LABORATORIO SECRETO				
EN EL DESVÁN ESCALOFRIANTE				
EN EL LABERINTO IMPOSIBLE				

¿QUIÉN?

¿DÓNDE?

EPISODIO CUATRO

BIBLIOTECA DE MENTIRAS

Cuando fueron a la biblioteca a investigar, no solo no encontraron a la Astrónoma Gema, sino que ¡cuatro libros habían desaparecido también! Uno se lo habían llevado porque estaba relacionado con el ovni. Los otros los robaron como distracción. ¿Qué libro era de verdad el importante?

¿QUÉ TÍTULO TENÍA EL LIBRO?

ACCIDENTE EN NUEVA ÉGIDA

Trata de un accidente que ocurrió en Nueva Égida, una ciudad situada en el desierto.

(LONGITUD ESTÁNDAR)

INTRODUCCIÓN A LOS TRIÁNGULOS

Además de estudios matemáticos, hay un extenso apéndice con los triángulos preferidos de la autora.

(LONGITUD ESTÁNDAR)

EL CATÁLOGO INFINITO

Es el catálogo infinito de la biblioteca, que contiene el título y la información de todos los otros libros.

(LARGO)

UNA HISTORIA DE DRACONIA

Contiene todo lo que siempre has querido saber sobre Draconia y muchas cosas que habrías preferido no conocer.

(MUY PERO QUE MUY LARGO)

Solución del Episodio Tres

¡La Astrónoma Gema podía ayudarlos en la biblioteca infinita!

Pero, cuando llegaron a la biblioteca, ¡no vieron ni rastro de la Astrónoma Gema! La Astróloga Azul debía de haber llegado antes junto a ella. Lucas y Coral iban a tener que investigar un poco.

¿DÓNDE DEBERÍA ESTAR CADA LIBRO?

EN LA MESA DE LA BIBLIOTECARIA

Estaba repleta de papeles, notas, lápices y bolígrafos.

EN LA SECCIÓN DE FICCIÓN

Es donde se encuentran los libros sobre cosas inventadas, como los unicornios.

EN LA SECCIÓN DE HISTORIA

En parte, todos los libros son de historia porque se escribieron en el pasado.

EN EL CAJÓN CERRADO DE LIBROS PELIGROSOS

Colocar un libro en el cajón cerrado es una forma estupenda de declararlo peligroso.

PISTAS Y PRUEBAS

Lucas recordaba haber visto *El catálogo infinito* en la mesa de la bibliotecaria.

Introducción a los triángulos estaba en el cajón cerrado de libros peligrosos. (Las matemáticas son una forma de arte muy poderosa).

Una historia de Draconia no estaba en la sección de Historia. (¡Lo había escrito uno de los malos y estaba lleno de mentiras!).

Lucas tenía la corazonada de que el libro importante era el que había desaparecido de la sección de Historia.

PISTA EXTRA

¡La única sección que queda para *Una historia de Draconia* es la sección de Ficción!

QUÉ

DÓNDE

	ACCIDENTE EN NUEVA ÉGIDA	INTRODUCCIÓN A LOS TRIÁNGULOS	EL CATÁLOGO INFINITO	UNA HISTORIA DE DRACONIA
EN LA MESA DE LA BIBLIOTECARIA				
EN LA SECCIÓN DE FICCIÓN				
EN LA SECCIÓN DE HISTORIA				
EN EL CAJÓN CERRADO DE LIBROS PELIGROSOS				

____

¿QUÉ?

____

¿DÓNDE?

EPISODIO CINCO

ACCIDENTE EN NUEVA ÉGIDA: ¿TE LO PUEDES CREER?

Hace muchísimos años, apareció un objeto brillante en el cielo, por encima de Nueva Égida. Por lo visto, aterrizó fuera de la ciudad, así que los habitantes viajaron al desierto para investigar. Por desgracia, la primera persona en llegar allí fue asesinada. ¡¿Quién fue el asesino?!

¿QUIÉN ERA EL VILLANO?

LA AGENTE ALBARICOQUE

Es una joven que trabaja para ESPÍA con un misterioso pasado (y un futuro también misterioso, por cierto).

(1,70 M • DIESTRA • OJOS VERDES • PELO NEGRO)

EL SEÑOR GRISÁCEO

Este tipo tan bajito aseguraba que se había mudado a la ciudad la semana anterior, pero nadie lo vio hasta la noche del accidente.

(1,53 M • ZURDO • OJOS VERDES • CALVO)

EL ALCALDE MIEL

El padre del Alcalde Miel también era alcalde. De hecho, así es como comenzó el Alcalde Miel.

(1,83 M • ZURDO • OJOS MARRONES • PELO CASTAÑO)

Solución del Episodio Cuatro

¡La información importante se encontraba en *Accidente en Nueva Égida*, que estaba en la sección de Historia!

Coral examinó los registros digitales de todos los libros de la biblioteca y vio que el subtítulo de ese libro era *¿Te lo puedes creer?*

—¿Lo ves? —preguntó Lucas mirando tras ella—. ¡El subtítulo es el mismo que el mensaje que encontramos en la habitación de la Astróloga Azul! ¿Qué crees que significa?

—Significa que este libro es nuestra siguiente pista. Ahora nos toca leerlo.

¿QUÉ ARMA USÓ EL CULPABLE?

UN RAYO ANTIMATERIA

Puede desintegrar a cualquiera hecho de materia, que por desgracia es casi todo el mundo.

(PESO MEDIO)

UNA ESFERA CENTELLEANTE

¡Está hecha de luz blanca resplandeciente! Nadie lo puede explicar.

(LIGERA)

UN MEGÁFONO

Hace que la voz de cualquiera suene más alta e irritante.

(PESO MEDIO)

¿DÓNDE ESTABA ESA PERSONA?

EN LA ZONA DEL ACCIDENTE

¡Hay un cráter con un ovni medio destruido en el centro!

(AISLADA)

EN EL MONTE ÉGIDA

Por la noche, en lo alto del Monte Égida ocurrían cosas misteriosas, ¡misteriosísimas!

(AISLADO)

EN LA PLAZA DE LA CIUDAD

En el medio de la plaza hay un pozo que está... seco.

(ABARROTADA)

PISTAS Y PRUEBAS

El Alcalde Miel estaba dando un discurso con una herramienta que volvía su voz más alta (y más irritante aún).

En lo alto del Monte Égida se observaba una luz blanca resplandeciente.

Vieron a la Agente Albaricoque con una herramienta que podía desintegrar a casi todo el mundo.

Según las investigaciones de los forenses, en el lugar abarrotado se encontraba un sospechoso zurdo.

El asesinato ocurrió en un cráter gigantesco.

PISTA EXTRA

¡El cráter gigantesco estaba en el lugar del accidente! ¡Debió de ser allí donde se cometió el asesinato!

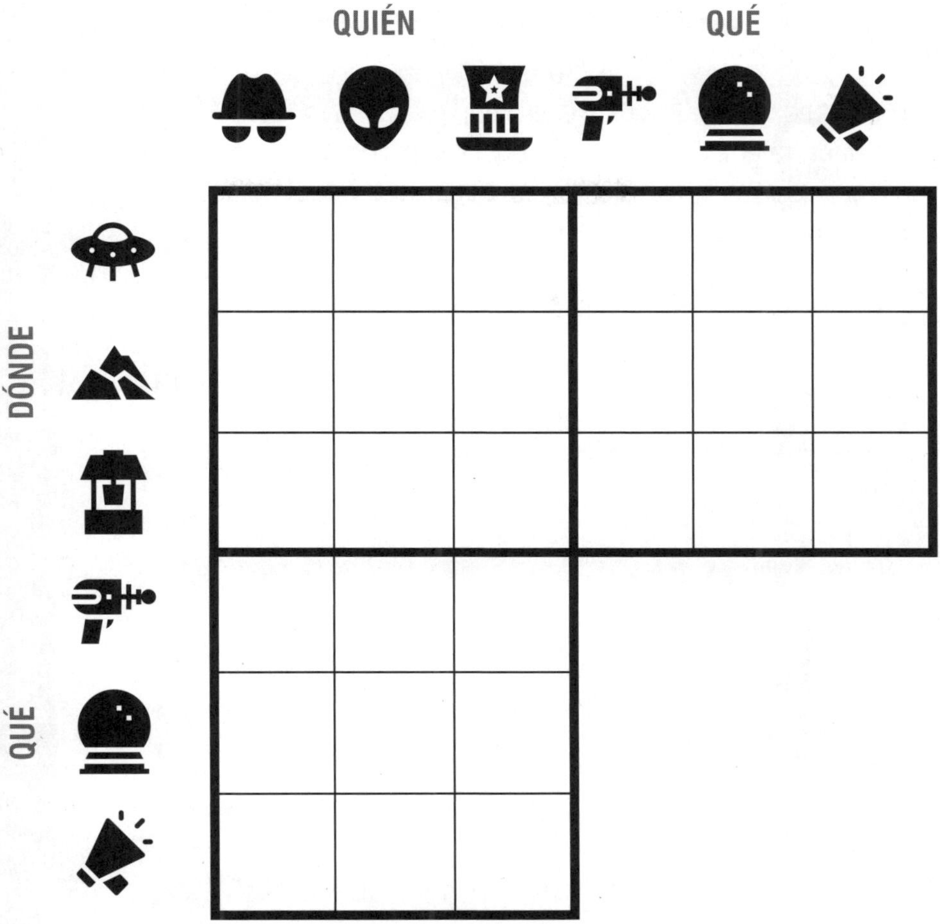

¿QUIÉN?

¿QUÉ?

¿DÓNDE?

EPISODIO SEIS

UNA EMBOSCADA EN LA BIBLIOTECA

Pero, antes de que Lucas y Coral pudieran comenzar a investigar, ¡alguien los atacó! Seguramente intentaba que iniciaran sus investigaciones. Pero ¿quién los atacó, con qué objeto y dónde se encuentra ahora?

¿QUIÉN LES HIZO UNA EMBOSCADA?

EL SEÑOR GRISÁCEO

Si es el Señor Grisáceo que sale en el libro, ha envejecido la mar de bien. Tiene la misma cabeza grande.

(1,53 M • ZURDO • OJOS VERDES • CALVO)

LA ASTRÓLOGA AZUL

Calcula la posición de los planetas para crear horóscopos que predicen la vida de la gente en la Tierra. Estadísticamente, son igual de eficaces que la suerte, pero parece que funcionan, y eso a veces es lo que importa.

(1,71 M • DIESTRA • OJOS MARRONES • PELO CASTAÑO)

EL NUMERÓLOGO NOCHE

Por orden, sus números preferidos son estos: 2, 3, 5, 7 y 11. ¿Cuál es el siguiente?

(1,80 M • ZURDO • OJOS AZULES • PELO CASTAÑO)

Solución del Episodio Cinco

¡Fue la Agente Albaricoque con el rayo antimateria en la zona del accidente!

Según la teoría del libro, la Agente Albaricoque intentaba encubrir la existencia del invasor extraterrestre, así que, cuando otra persona llegó y descubrió al alienígena, tuvo que hacer algo al respecto. Más tarde, el Señor Grisáceo regresó a su planeta natal desde lo alto del Monte Égida. El libro, que contenía pocas pruebas para argumentar esas teorías, terminaba con la siguiente frase: «¿Te lo puedes creer?». Lucas respondió que sí. Coral respondió que debían investigarlo.

¿QUÉ OBJETO UTILIZÓ?

UNA BOLA DE CRISTAL

Te ayuda a ver el futuro, pero solo si tu futuro incluye una bola de cristal.

(PESADA • HECHA DE CRISTAL)

LAS CARTAS DEL MAROT

Sacar cartas puede predecir tu futuro, siempre y cuando tu futuro sea de lo más aleatorio.

(PESO MEDIO • HECHAS DE PAPEL)

UN LIBRO MUY PESADO

El problema de usar un libro pesado para golpear a alguien es que cuesta levantarlo.

(PESADO • HECHO DE PAPEL)

¿DÓNDE ESTABA?

EN LA SECCIÓN DE ASTROLOGÍA

Está llena de gráficas y gráficas con las posiciones de los planetas en el pasado.

EN LA SECCIÓN DE HISTORIA

Contiene registros de todas las veces que alguien examinó los registros de la gente que examinó registros.

EN LA SECCIÓN DE FICCIÓN

Allí están las mejores obras de ficción, incluida una colección completa de las novelas de la Dama Obsidiana.

PISTAS Y PRUEBAS

La Astróloga Azul no estaba en la sección de Astrología. A todos nos pueden gustar varias cosas.

En la sección de Ficción había un arma hecha de papel.

El Numerólogo Noche estudiaba las cartas del marot.

En la sección de Historia había un libro muy pesado.

A Lucas le dieron un golpe en la cabeza con algo hecho de cristal.

PISTA EXTRA

En la sección de Ficción se encontraba un arma de peso medio.

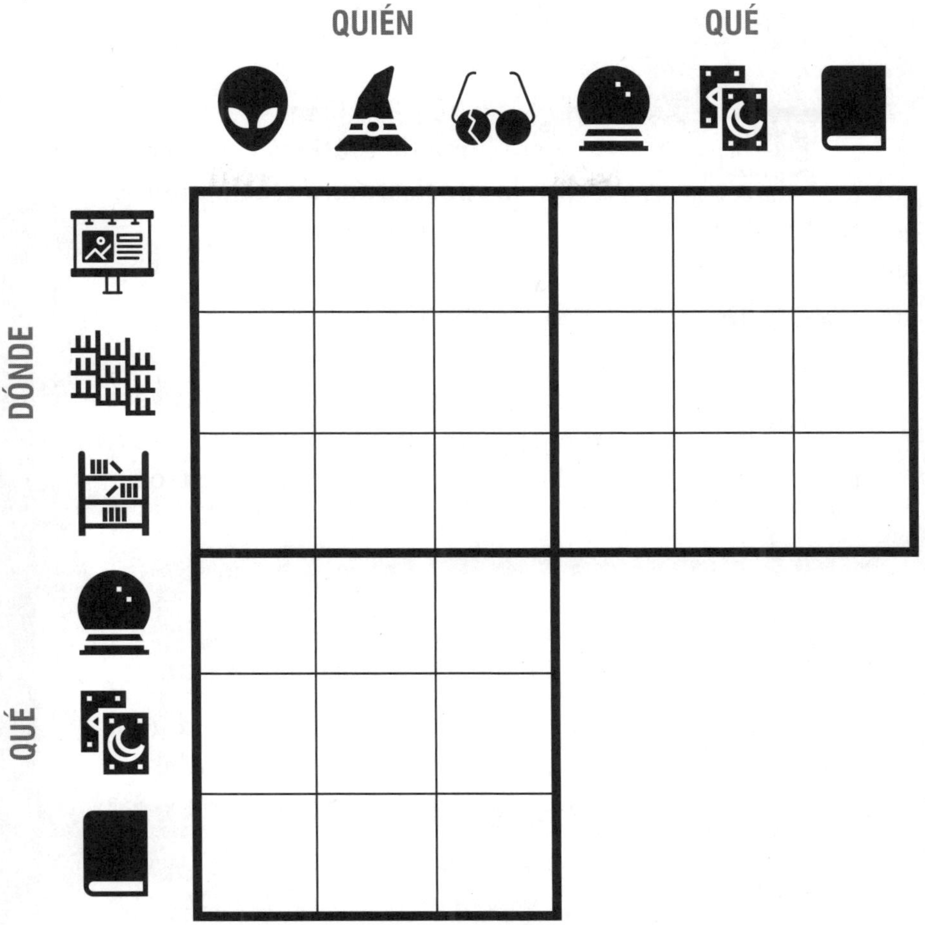

¿QUIÉN?

¿QUÉ?

¿DÓNDE?

EPISODIO SIETE

LA GRAN REVELACIÓN (SEGÚN LUCAS)

Décadas atrás se avistó un misterioso alienígena en Nueva Égida, y parece que el mismo extraterrestre atacó a Lucas y a Coral. ¿Qué conexión había entre los dos hechos? ¿Por qué había vuelto? Lucas sabía que eran pruebas de un plan más elaborado y tenía la corazonada de que podría desentrañar el misterio.

¿QUIÉN HABÍA URDIDO EL PLAN?

EL SEÑOR GRISÁCEO

Si es el Señor Grisáceo que sale en el libro, ha envejecido la mar de bien. Tiene la misma cabeza grande.

(1,53 M • ZURDO • OJOS VERDES • CALVO)

EL ALCALDE MIEL

El padre del Alcalde Miel también era alcalde. De hecho, así es como comenzó el Alcalde Miel.

(1,83 M • ZURDO • OJOS MARRONES • PELO CASTAÑO)

LA AGENTE ALBARICOQUE

Sus planes ya se habían desbaratado antes. Y, de acuerdo, parecía haber muerto. Pero hay gente que regresa de cosas peores.

(1,70 M • DIESTRA • OJOS VERDES • PELO NEGRO)

LA ASTRÓNOMA GEMA

Una anciana que conoce el cielo de punta a punta y adora todas las estrellas menos una.

(1,60 M • DIESTRA • OJOS AZULES • PELO GRIS)

Solución del Episodio Seis

¡Fue el Señor Grisáceo con la bola de cristal, y se escondía en la sección de Astrología!

Lucas y Coral corrieron hacia la sección de Astrología, donde vieron al Señor Grisáceo salir huyendo. No podían dejar que escapara, pero tampoco tenían más pistas. Entonces, Lucas tuvo un presentimiento. Sabía que alguien estaba detrás de todo. Un desconocido había urdido un plan maestro. Y Lucas sabía quién y en qué consistía.

(El siguiente número preferido del Numerólogo Noche es el 13. ¡Le gustan los números primos! Son los números que solo pueden dividirse por sí mismos y por 1).

¿QUÉ OBJETIVO TENÍA EL PLAN?

ROBAR UN MONTÓN DE ORO

Pero ¿qué oro? Quizá haya oro oculto debajo del Instituto. ¿Quién sabe?

EXTERMINAR A LA HUMANIDAD

Seguramente sea el peor plan que alguien pueda llegar a elaborar.

VIAJAR A OTRO PLANETA

Quizá, si de verdad de la buena deseas huir de este mundo, a lo mejor cometes algún que otro delito. ¡O quizá quieres huir porque has cometido delitos!

SE DEBÍA AL MIEDO

A veces no tienes un plan maestro. Puede que estés asustado y el miedo te haga actuar así.

¿DÓNDE ESTABA SUCEDIENDO?

EN NUEVA ÉGIDA

Lo más peligroso de Nueva Égida es lo caro que resulta vivir allí.

(INTERIOR)

EN HOLLYWOOD

Hacen unas mil películas al año, y por lo menos un par de ellas son buenas.

(EXTERIOR)

EN EL BOSQUE MISTERIOSO

La gente desaparece en ese bosque todas las noches. Lucas espera no tener que ir allí.

(EXTERIOR)

EN EL INSTITUTO DE LA INVESTIGACIÓN

Es una organización espeluznante ubicada en el bosque. ¿Cómo no iba a ser sospechosa?

(INTERIOR)

PISTAS Y PRUEBAS

Es evidente que la Astrónoma Gema haría cualquier cosa para viajar a otro planeta.

Nueva Égida es el típico lugar donde se elaboraría un plan para robar oro.

Al Alcalde Miel le daba miedo Hollywood; había visto una película de terror.

Conecta las estrellas de la Prueba Documental A (al principio de esta sección) siguiendo estos patrones para ver la cara de alguien que no estaba en el Instituto de la Investigación:

1. T, S, U, 8, R, 1, K, J, I, E, X, P, F, N, H, 6, T.
2. Y, M, Z, A, Q, W, O, Y
3. G, B, V, L, 9, 5, 3, C, G

La Agente Albaricoque quería robar un montón de oro.

Lucas tenía la corazonada de que el plan maestro se llevaba a cabo en el bosque misterioso.

PISTA EXTRA

Lucas vio que cierto Señor Grisáceo echaba a correr hacia el bosque.

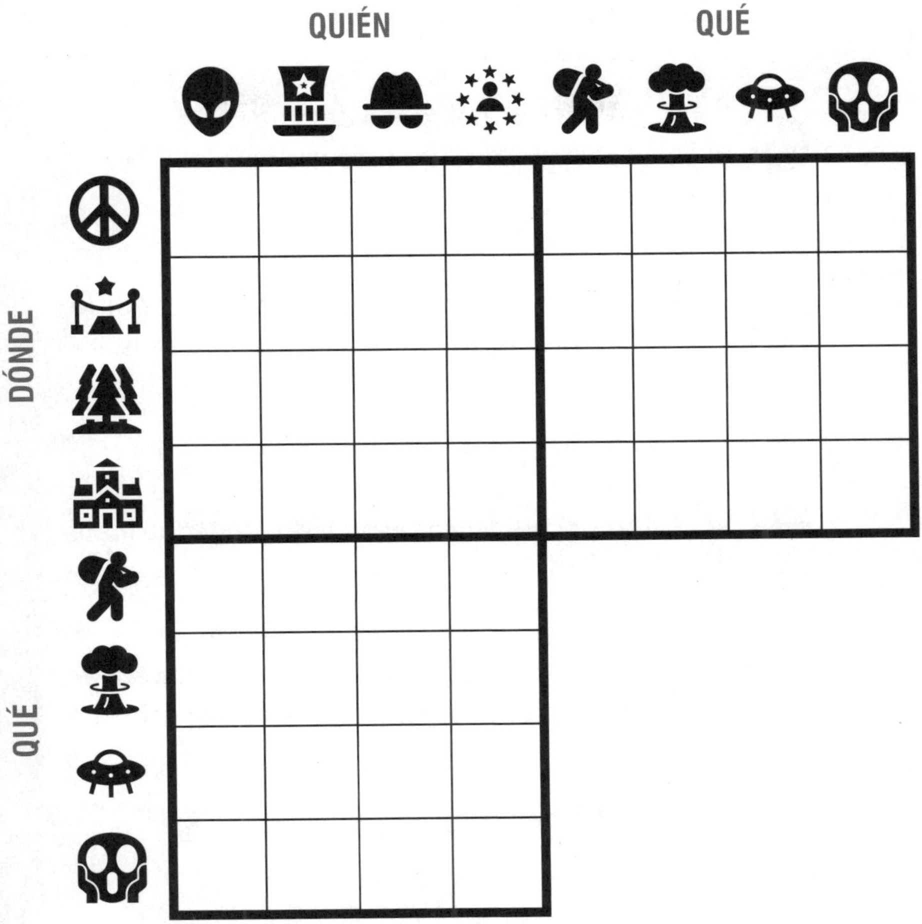

¿QUIÉN?

¿QUÉ?

¿DÓNDE?

EPISODIO OCHO

LA GRAN REVELACIÓN (SEGÚN LOS HECHOS)

Lucas y Coral corrieron hacia el bosque misterioso para impedir que el alienígena llevase a cabo todo su plan maestro. Pero, cuando llegaron, descubrieron pistas que cambiaron lo que creían saber sobre el Señor Grisáceo, su plan y los demás sospechosos. ¿Puedes averiguar qué pasó?

¿QUIÉN ESTABA DETRÁS EN REALIDAD?

MEDIANOCHE TERCERO

Es el nieto del presidente de Producciones Medianoche y un hombre que se describe como hecho a sí mismo.

(1,77 M • ZURDO • OJOS MARRONES • PELO CASTAÑO)

EL INSPECTOR IRRATINO

Es el líder del Instituto de la Investigación, al menos en esta realidad.

(1,89 M • ZURDO • OJOS VERDES • PELO CASTAÑO)

LA ASTRÓNOMA GEMA

Una anciana que conoce el cielo de punta a punta y adora todas las estrellas menos una.

(1,60 M • DIESTRA • OJOS AZULES • PELO GRIS)

EL DIRECTOR ÍNDIGO

Vale, no fue el verdadero fundador de TekCo Futuros, pero compró el título de fundador con todas las de la ley.

(1,80 M • DIESTRO • OJOS VERDES • PELO CASTAÑO)

Solución del Episodio Siete

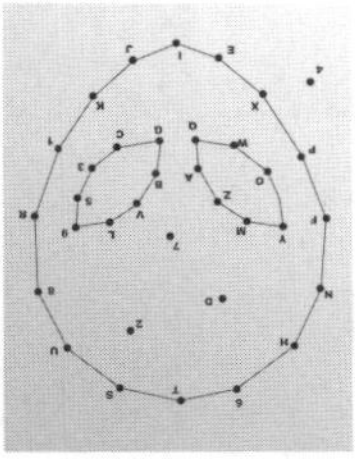

El Señor Grisáceo planeaba exterminar a la humanidad, ¡y el plan se estaba llevando a cabo en el bosque misterioso!

¡Lucas lo veía clarísimo! Por eso el Señor Grisáceo los había atacado. Quizá la Astróloga Azul y la Astrónoma Gema habían intentado impedir la invasión. Quizá trataron de evitar que se enterase de algo importante para su plan. Los detectives echaron a correr tras él. Así que, aunque era peligroso y estaba muy oscuro, salieron disparados hacia el bosque misterioso.

¿CÓMO LO HABÍA CONSEGUIDO?

CON UN TRAJE DE LÁTEX GRIS

Un sencillo traje de látex. Un clásico para asustar a adolescentes entrometidos.

(HECHO DE LÁTEX)

CON TECNOLOGÍA DE PROYECCIÓN HOLOGRÁFICA

La tecnología necesaria para simular un alienígena con un holograma tenía que ser de otro mundo.

(HECHA DE LUZ)

CON UN OVNI DE CARTÓN

Quizá no convencería a nadie, pero, por otro lado, tampoco costaría demasiado dinero.

(HECHO DE PAPEL)

CON SIMULACIÓN DE REALIDAD VIRTUAL AVANZADA

Habría que estar tumbado en una cápsula y llevar gafas o cascos de realidad virtual, claro.

(HECHA DE TECNOLOGÍA)

¿POR QUÉ LO HABÍA HECHO?

PARA DEMOSTRAR QUE LO IMPOSIBLE ERA POSIBLE	Y que uno puede llegar a ser lo que sueña. (IDEALISTA)
PORQUE FORMABA PARTE DE UNA CAMPAÑA DE PUBLICIDAD	Confían en que el Gobierno no va a tapar lo ocurrido. (MATERIALISTA)
POR DINERO	Es uno de los motivos más antiguos para matar a alguien. El primero de todos es estar «muy enfadado». (MATERIALISTA)
PARA FOMENTAR LA EXPLORACIÓN ESPACIAL	Hay gente con muchos prejuicios hacia las personas que no son de por aquí. (IDEALISTA)

PISTAS Y PRUEBAS

Medianoche Tercero había organizado en el pasado extravagantes campañas de publicidad y sin duda volvería a hacerlo.

El Director Índigo había dejado de intentar desarrollar tecnología de proyección holográfica; era cara y no funcionaba.

El Inspector Irratino claramente quería demostrar que lo imposible era posible.

La Astrónoma Gema solo podía tener un motivo idealista, no uno materialista.

Lucas había visto a su tío Irratino con algo hecho de papel.

Medianoche Tercero jamás usaría un traje de látex en una de sus pelis, ¡demasiado cutre!

Sin duda, se puede usar tecnología de proyección holográfica para una campaña de publicidad.

La única razón para gastar el dinero necesario para crear una simulación de realidad virtual avanzada era la de ganar más dinero.

¡Lucas se quedó de piedra al ver al Señor Grisáceo quitarse el traje de látex! ¿Quién estaba debajo?

PISTA EXTRA

Coral le recordó a Lucas que la Astrónoma Gema quería fomentar la exploración espacial.

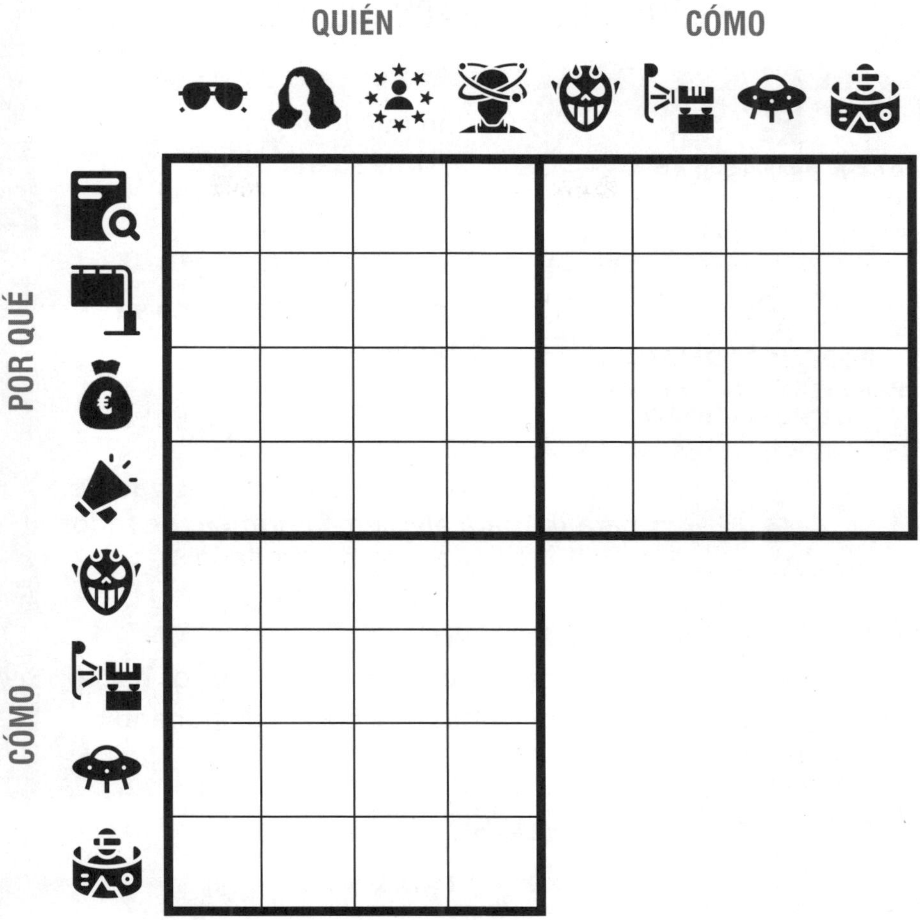

¿QUIÉN?

¿CÓMO?

¿POR QUÉ?

Solución del Episodio Ocho

¡Fue la Astrónoma Gema con un traje de látex gris para promover la exploración espacial!

—¿Qué estáis diciendo? —exclamó la Astrónoma Gema—. ¡No he sido yo!

Pero hasta Lucas tuvo problemas para creerla. Le recordó que la mujer seguía llevando la mitad del traje de látex gris y que también seguía siendo ella.

—¡De acuerdo! —admitió al fin—. Es que quería que la gente admirase la belleza que veo yo en las estrellas. Pero a nadie le importa ya el espacio. Creía que, si pensaban que un extraterrestre era real y que alguien lo estaba encubriendo, volverían a interesarse por el espacio. ¡Tenía muy buenas intenciones!

—¿Así que falsificó las lecturas que encontramos en el observatorio? —le preguntó Lucas.

—¡Y culpé a la Astróloga Azul utilizando su tirachinas para romper la lente, sí!

—¿Por qué entonces ha robado el libro? —Lucas seguía sin comprenderlo.

—Todo lo que ha hecho —respondió Coral por Gema— ha sido para simular que alguien lo estaba tratando de encubrir. Porque no hay nada que llame más la atención que un encubrimiento.

—No quería hacerle daño a nadie. ¡Solo quería que la gente volviese a maravillarse al contemplar las estrellas!

—Pero, si no quería hacerle daño a nadie, ¡¿por qué me ha dado un golpe en la cabeza con la bola de cristal?! —se ofendió Lucas.

—¡Me he asustado al verte entrar! —exclamó la mujer—. ¡Creía que eras un alienígena!

Lucas y Coral estaban orgullosos de haber resuelto el enigma del misterio del cielo. Y la Astrónoma Gema tenía razón sobre el cielo nocturno. A la noche siguiente, Lucas y Coral subieron a una colina cercana y se tumbaron en la hierba para observar las estrellas.

Eran preciosas, reinaba la calma, y de repente...

Oyeron un fuerte ruido y vieron un intenso destello de luz.

Y entonces Lucas Irratino fue abducido.

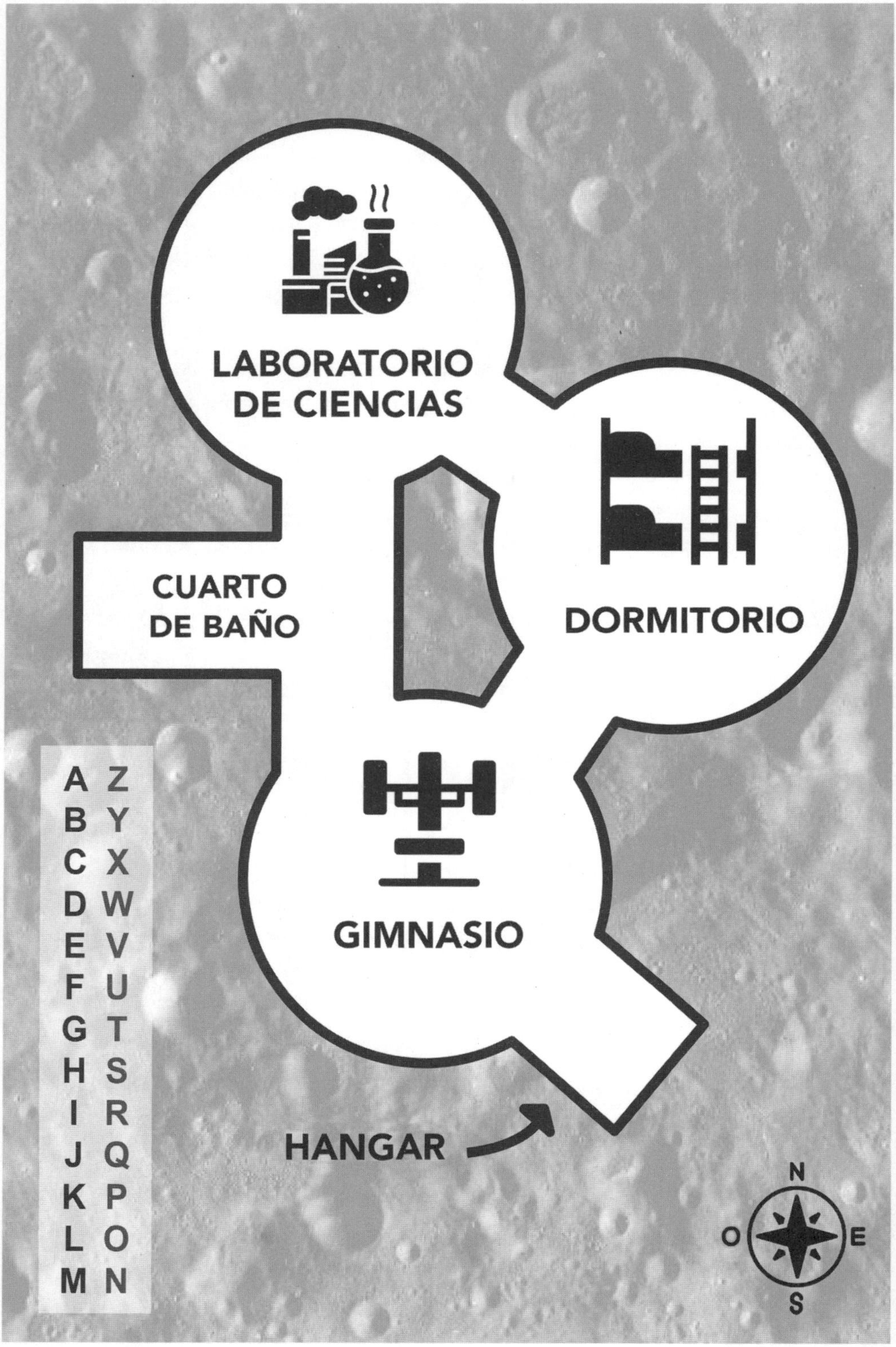

PRUEBA DOCUMENTAL B

UN MAPA DEL PROYECTO CIENTÍFICO BASE LUNAR

FÉLIX FELÍNEZ

EN

EL MISTERIO DE LA BASE LUNAR

A FÉLIX FELÍNEZ NO LE HABRÍA IMPORTADO PASARSE EL VERANO disfrutando de su barrio, pero Carlos, su humano, acababa de presentarse voluntario para participar en un programa de tres meses en el Proyecto Científico Base Lunar, un centro de investigación científica construido literalmente en la Luna.

Esto no solo era una oportunidad para poner a prueba cómo afectaba a un gato la vida lunar, sino que también mejoraría la calidad de vida de los científicos, ya que a todo el mundo le encanta vivir con un gato.

Y, de acuerdo, subirse a un cohete estruendoso y salir hacia el espacio no era precisamente una experiencia tranquila para un gato, pero, por miedo que le diese la misión, nada se comparaba con el horror que le esperaba al llegar por fin al Proyecto Científico Base Lunar.

Porque uno de los otros residentes era un perro.

Félix no se lo podía creer. Y, sin embargo, tenía las pruebas delante de sus narices. Cuatro patas, hocico enorme, cubierto de pelo como un gato, culo grande y torpe. Sin duda, era un perro. Y se llamaba Ladrín.

Félix no comprendía por qué alguien iba a querer tener un perro en la Luna. ¿Qué posible conocimiento científico podría obtenerse al observarlo? ¿Qué absurda explicación podía dar alguien para justificar su presencia? Pero lo peor de todo era que nadie más parecía estar de acuerdo con él.

¡En el Proyecto Científico Base Lunar todos opinaban que Ladrín, el perro espacial, era una monada! Creían que era una compañía maravillosa. Creían incluso —y eso parecía lo más absurdo de todo— que Ladrín era inteligente. «Totalmente ridículo», pensó Félix. ¡¿Un perro inteligente?! No lo creería ni en un millón de años.

¿Félix sería capaz de superar su prejuicio hacia los perros? ¿Lograría concentrarse en resolver los misterios que se cruzasen en su camino? ¿Aprendería a trabajar con Ladrín para desentrañar el mayor misterio que los amenazaba a todos?

Este es *El misterio de la base lunar*.

EPISODIO UNO

LA CORAZONADA DE FÉLIX

Félix sabía que era mucho más que un experimento. También era el mejor gato detective del mundo, y no pensaba desperdiciar sus habilidades. Y, además, sabía que la mejor manera de usarlas era perseguir a alguien sospechoso. Pero ¿a quién?

¿QUIÉN PARECÍA SOSPECHOSO?

LA CAPITANA PIZARRA

Su último copiloto no volvió con vida. Esperamos que no se convierta en una costumbre.

(1,68 M • ZURDA • OJOS MARRONES • PELO CASTAÑO)

EL DOCTOR ROCA

No digas que el Doctor Roca es cobarde como un gato porque esto es un insulto hacia gatos valientes como Félix. Pero el Doctor Roca era un auténtico gallina.

(1,75 M • DIESTRO • OJOS MARRONES • CALVO)

LADRÍN, EL PERRO ESPACIAL

Félix no podía creerse que hubieran dejado entrar a un perro en la base lunar. Pero es que los perros siempre van donde quieren y nunca tienen que justificarse.

(34 CM DE LARGO • PERRIZURDO • OJOS VERDES • PELAJE CASTAÑO)

¡Detectives! La solución de cada misterio aparecerá escrita del revés al principio del siguiente. ¡No te adelantes hasta que creas saber quién es el culpable!

¿QUÉ TRAMABA?

MERODEAR POR AHÍ

Es una de las cosas más sospechosas que puedes hacer, pero también se parece mucho a caminar sin rumbo fijo.

METERSE ALGO EN EL BOLSILLO

Pero ¿el qué? ¿Y en qué bolsillo? ¿Y para llevárselo a dónde? Son preguntas importantísimas.

¡BABEAR! (¡¿TE LO PUEDES CREER?!)

Puaj. Félix cree que babear es de lo peorcito que se puede hacer.

PISTAS Y PRUEBAS

La Capitana Pizarra no babeaba. ¡¿Puedes imaginarlo?!

El Doctor Roca merodeaba por ahí hablando solo.

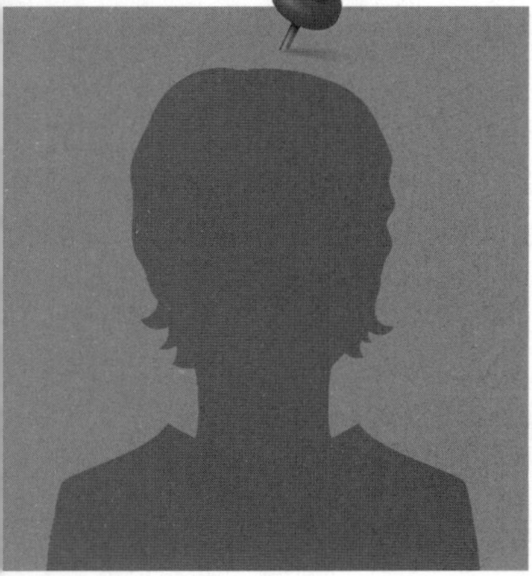

Félix desconfiaba del sospechoso que babeaba y que por lo general era un plasta.

PISTA EXTRA

La Capitana Pizarra debía de haberse escondido algo en el bolsillo.

QUIÉN

QUÉ

	LA CAPITANA PIZARRA	EL DOCTOR ROCA	LADRÍN, EL PERRO ESPACIAL
MERODEAR POR AHÍ			
METERSE ALGO EN EL BOLSILLO			
¡BABEAR! (¡¿TE LO PUEDES CREER?!)			

¿QUIÉN?

¿QUÉ?

EPISODIO DOS

CAOS EN LA BASE LUNAR

¡El Proyecto Científico Base Lunar sufrió un verdadero terremoto cuando se cometió un horrible crimen en sus instalaciones! Por suerte, era la única base lunar que contaba con Félix Felínez. En cualquier otro sitio, el culpable se iría de rositas. Pero ¡nuestro aclamado detective felino resolvería el caso! En primer lugar, debía averiguar qué se había robado y dónde.

¿QUÉ HABÍA DESAPARECIDO?

UN FRASCO IMPORTANTE

O quizá sea más correcto decir un frasco normal de cristal lleno de importantes sustancias químicas.

UN TRAJE DE ASTRONAUTA

Quizá no vaya completamente a la moda, pero es perfecto para no morir en el espacio.

UN SACO DE ROCAS LUNARES

En la Tierra, las rocas lunares son más valiosas que el oro. Pero si estamos en la Luna...

Solución del Episodio Uno

¡Ladrín, el perro espacial, era sospechoso porque estaba babeando!

Vale, algunos detectives dirán que no es prueba suficiente para acusar a un perro, pero Félix Felínez tenía buen instinto con esas cosas. Una vez que te babean encima, no les das una segunda oportunidad a muchos más perros. Vale, quizá Ladrín todavía no había hecho nada, pero ¡lo haría! Félix confiaba en sus corazonadas, había arrancado una página del libro de Lucas (y también la había masticado).

¿DÓNDE SE ENCONTRABA?

EN EL LABORATORIO DE CIENCIAS

Allí se llevan a cabo toda clase de experimentos importantes, como experimentos lunares supersecretos.

EN EL ESPELUZNANTE CUARTO DE BAÑO

No solo está oscuro y sombrío, sino que el olor es terrorífico.

EN EL DORMITORIO

Para ganar espacio, todos los astronautas dormían en literas.

PISTAS Y PRUEBAS

En el dormitorio había un saco de rocas lunares.

El traje de astronauta no estaba en la estancia situada más al norte. (Ver Prueba Documental B, al principio de esta sección).

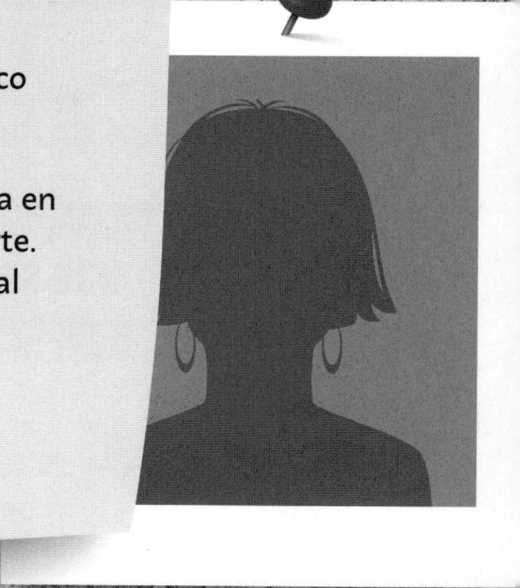

¡El robo se había cometido en el laboratorio de ciencias!

PISTA EXTRA

El único lugar donde podía encontrarse el traje de astronauta era en el espeluznante cuarto de baño.

QUÉ

DÓNDE

	UN FRASCO IMPORTANTE	UN TRAJE DE ASTRONAUTA	UN SACO DE ROCAS LUNARES
EN EL LABORATORIO DE CIENCIAS			
EN EL ESPELUZNANTE CUARTO DE BAÑO			
EN EL DORMITORIO			

¿QUÉ?

¿DÓNDE?

EPISODIO TRES

¡UN GRITO SORPRENDENTE Y SOSPECHOSO!

De repente, pasaron de no tener pistas a tener al menos una: ¡un grito! Alguien de la base lunar estaba aterrorizado. Era el típico misterio que a Félix Felínez se le daba genial resolver. Allá donde un perro quizá se estampa contra una pared, ¡un gato puede rastrear los ruidos de un grito!

¿QUIÉN HABÍA GRITADO?

EL INVERSOR VERDUZCO

Es la persona que financió toda esta operación.

(1,70 M • DIESTRO • OJOS VERDES • PELO RUBIO)

LA CAPITANA PIZARRA

Su último copiloto no volvió con vida. Esperamos que no se convierta en una costumbre.

(1,68 M • ZURDA • OJOS MARRONES • PELO CASTAÑO)

EL DOCTOR ROCA

No digas que el Doctor Roca es cobarde como un gato porque esto es un insulto hacia gatos valientes como Félix.

(1,75 M • DIESTRO • OJOS MARRONES • CALVO)

EL SEÑOR GRISÁCEO

Es un ser humano, eso está clarísimo. Conoce todos los hábitos humanos.

(1,53 M • ZURDO • OJOS VERDES • CALVO)

Solución del Episodio Dos

¡Alguien había robado un frasco importante del laboratorio de ciencias!

La Capitana Pizarra y el Doctor Roca estaban aterrados ante el incidente. Cuando el Inversor Verduzco se enterase, se pondría furioso por que hubieran perdido un frasco científico tan importante. Que Félix Felínez supiera, ambos desconocían quién era el culpable del delito. No lo sorprendió. Los seres humanos casi nunca saben nada porque no tienen los ojos, los oídos, la nariz... o la cola de un gato como Félix Felínez.

¿DÓNDE ESTABA EL CULPABLE?

EN EL GIMNASIO

En un entorno de baja gravedad, puedes levantar mucho más peso. Así te sientes superfuerte.

EN EL ESPELUZNANTE CUARTO DE BAÑO

Sería el lugar más espeluznante del que pudiera salir un grito, sin duda.

AFUERA

Un dato verídico: las ondas de sonido viajan haciendo vibrar partículas diminutas. Como el espacio casi está completamente vacío, no hay ningún ruido.

EN EL HANGAR

Es donde llegan los nuevos astronautas.

PISTAS Y PRUEBAS

El Inversor Verduzco acababa de llegar al hangar.

Una cámara mostraba que afuera estaba alguien que medía 1,53 m.

El Doctor Roca no había entrado nunca en el gimnasio y no se encontraba allí.

¡El grito procedía del espeluznante cuarto de baño! Pero ¿quién había chillado?

PISTA EXTRA

¡La Capitana Pizarra se estaba poniendo cachas en el gimnasio!

QUIÉN

DÓNDE

	EL INVERSOR VERDUZCO	LA CAPITANA PIZARRA	EL DOCTOR ROCA	EL SEÑOR GRISÁCEO
EN EL GIMNASIO				
EN EL ESPELUZNANTE CUARTO DE BAÑO				
AFUERA				
EN EL HANGAR				

¿QUIÉN?

¿DÓNDE?

EPISODIO CUATRO
UN ACERTIJO HORRIPILANTÍSIMO

El Doctor Roca temblaba al describir el horror que acababa de presenciar.

—¡¿Cómo puede ser?! —exclamó—. Era... era... —No pudo decirlo en voz alta. Sin embargo, Félix Felínez era el héroe que se necesitaba: había desarrollado una estupenda habilidad para comprender a los seres humanos cuando se ponían a balbucear.

¿QUÉ HABÍA VISTO EL DOCTOR ROCA?

A UN ALIENÍGENA AFUERA

Debe de ser una de las cosas más escalofriantes que alguien pueda ver. Pero ¿por qué nadie le deja entrar?

(NIVEL DE PELIGRO: MEDIO)

A UN HORRIBLE MONSTRUO INSECTO

Es una de las criaturas que podrían devorarte. Pero al menos te devoraría en un santiamén.

(NIVEL DE PELIGRO: ALTO)

UNA BOMBA CON UNA CUENTA ATRÁS

Nada provoca más ansiedad que una bomba con una cuenta atrás para la detonación.

(NIVEL DE PELIGRO: EXTREMO)

UN AGUJERO EN LA PARED

La verdad es que, si estás en una base lunar en el espacio exterior, es de lo peorcito que puedes encontrarte.

(NIVEL DE PELIGRO: EXTREMADAMENTE EXTREMO)

Solución del Episodio Tres

¡El Doctor Roca estaba gritando en el espeluznante cuarto de baño!

Al irrumpir en el cuarto de baño, Félix Felínez vio al Doctor Roca hecho un ovillo y temblando en un rincón.

—¡No me lo puedo creer! ¡No me puedo creer lo que acabo de ver!

Pero estaba balbuceando, y murmurando, y tartamudeando, y no había quien entendiese nada. Lo único evidente era que aquello lo había aterrado una barbaridad.

¿QUÉ ESTABA BALBUCEANDO?

«¡¡¡UN SER GRIS!!!»

Estas tres palabras no significan gran cosa por sí solas, pero juntas producen un efecto asombroso.

«¡¡¡MASA VERDE!!!»

Qué asco, por favor. Pero qué evocador también.

«¡¡¡CUATRO!!! ¡¡¡TRES!!!»

Ay, ay, ay. Luego va: «¡¡¡DOS!!! ¡¡¡UNO!!!», y después de eso... ¡a saber!

«¡¡¡VAMOS A MORIR TODOS!!!»

De todo lo que podría gritar, seguramente esto sea lo peor.

PISTAS Y PRUEBAS

Si el Doctor Roca gritaba: «¡¡¡MASA VERDE!!!», no se refería a una bomba con una cuenta atrás.

Si hubiera visto un agujero en la pared, habría gritado: «¡¡¡VAMOS A MORIR TODOS!!!».

Está bastante claro que gritar: «¡¡¡UN SER GRIS!!!» significa que un alienígena estaba fuera.

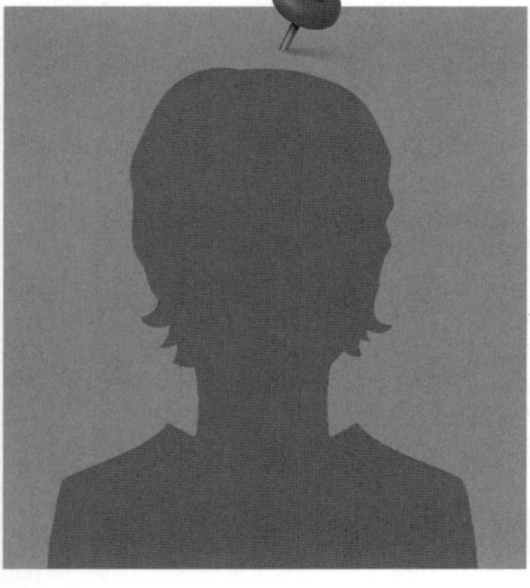

No hacía falta tener el oído privilegiado de Félix para oírle gritar: «¡¡¡MASA VERDE!!!».

PISTA EXTRA

Si gritas: «¡¡¡CUATRO!!! ¡¡¡TRES!!!», es obvio que estás viendo un reloj marcando una cuenta atrás.

QUÉ VIO

QUÉ BALBUCEABA

	A UN ALIENÍGENA AFUERA	A UN HORRIBLE MONSTRUO INSECTO	UNA BOMBA CON UNA CUENTA ATRÁS	UN AGUJERO EN LA PARED
«¡¡¡UN SER GRIS!!!»				
«¡¡¡MASA VERDE!!!»				
«¡¡¡CUATRO!!! ¡¡¡TRES!!!»				
«¡¡¡VAMOS A MORIR TODOS!!!»				

¿QUÉ VIO?

¿QUÉ BALBUCEABA?

EPISODIO CINCO

¡DÍA SALVADO!

Antes de que Félix Felínez pudiera ponerse a investigar, ¡el caso ya se había resuelto! Sí, sí, uno de los residentes de la base lunar había podido desentrañar el misterio y encontrar el frasco más rápido que Félix. Pero ¡¿quién?!

¿QUIÉN ENCONTRÓ EL FRASCO?

EL INVERSOR VERDUZCO

Es la persona que financió toda esta operación. ¡Y espera resultados!

(1,70 M • DIESTRO • OJOS VERDES • PELO RUBIO)

LADRÍN, EL PERRO ESPACIAL

Félix no podía creerse que hubieran dejado entrar a un perro en la base lunar. Pero es que los perros siempre van donde quieren.

(34 CM DE LARGO • PERRIZURDO • OJOS VERDES • PELAJE CASTAÑO)

LA CAPITANA PIZARRA

Su último copiloto no volvió con vida. Esperamos que esto no se convierta en una costumbre.

(1,68 M • ZURDA • OJOS MARRONES • PELO CASTAÑO)

EL DOCTOR ROCA

No digas que el Doctor Roca es cobarde como un gato porque esto es un insulto hacia gatos valientes como Félix.

(1,75 M • DIESTRO • OJOS MARRONES • CALVO)

Solución del Episodio Cuatro

¡Había visto un horrible monstruo insecto y luego había gritado: «¡¡¡MASA VERDE!!!»!

Félix Felínez no tenía miedo. Tampoco salió disparado hacia debajo del sofá. Y no solo porque en el Proyecto Científico Base Lunar no hubiera sofás. No, era porque estaba más decidido a descubrir la verdad que asustado. Vale, sí, el monstruo insecto verde estaba en la Luna con ellos y a lo mejor había robado el frasco, pero no iba a escapar de la justicia peluda... ¡de Félix Felínez!

¿DÓNDE HABÍA ENCONTRADO EL FRASCO?

EN EL DORMITORIO

Si quieres sonar finolis, puedes llamarlo «aposento».

(TEMPERATURA AMBIENTAL: GÉLIDA)

EN EL HANGAR

Es donde las naves espaciales aterrizan en la base. Sí, sí, tal como lo lees.

(TEMPERATURA AMBIENTAL: CÁLIDA)

EN EL GIMNASIO

En un entorno de baja gravedad, puedes levantar mucho más peso. Así te sientes superfuerte.

(TEMPERATURA AMBIENTAL: CÁLIDA)

EN EL LABORATORIO DE CIENCIAS

Resultaría decepcionante que encontraran el frasco en la misma estancia donde se había robado.

(TEMPERATURA AMBIENTAL: CALIDÍSIMA)

PISTAS Y PRUEBAS

El Inversor Verduzco estaba registrando una de las estancias de temperatura cálida.

Félix encontró un cabello humano castaño en el gimnasio.

El Doctor Roca estaba «registrando» el laboratorio de ciencias, es decir, escondiéndose hasta que dieran con el monstruo.

¡El frasco importante se encontró en el dormitorio!

PISTA EXTRA

La Capitana Pizarra era la única que tenía el pelo castaño. Debía de ser ella la que estaba en el gimnasio.

QUIÉN

DÓNDE	EL INVERSOR VERDUZCO	LADRÍN, EL PERRO ESPACIAL	LA CAPITANA PIZARRA	EL DOCTOR ROCA
EN EL DORMITORIO				
EN EL HANGAR				
EN EL GIMNASIO				
EN EL LABORATORIO DE CIENCIAS				

¿QUIÉN?

¿DÓNDE?

EPISODIO SEIS

LA VERDAD DE LO OCURRIDO

Félix Felínez tenía claro que Ladrín no era ningún héroe. ¡No había encontrado el frasco importante, qué va! Y tampoco había ahuyentado al monstruo espacial. No había resuelto nada de nada, pero Félix Felínez sí. Él sabía que el Doctor Roca había visto algo crucial y estaba preparado para juntar las pistas y descubrir al verdadero culpable.

¿QUIÉN HABÍA ROBADO EL FRASCO?

LADRÍN, EL PERRO ESPACIAL

Félix no podía creerse que hubieran dejado entrar a un perro en la base lunar. Pero es que los perros siempre van donde quieren y nunca tienen que justificarse.

(34 CM DE LARGO • PERRIZURDO • OJOS VERDES • PELAJE CASTAÑO)

EL INVERSOR VERDUZCO

Es la persona que financió toda esta operación.

(1,70 M • DIESTRO • OJOS VERDES • PELO RUBIO)

LA CAPITANA PIZARRA

Su último copiloto no volvió con vida. Esperamos que no se convierta en una costumbre.

(1,68 M • ZURDA • OJOS MARRONES • PELO CASTAÑO)

Solución del Episodio Cinco

¡Ladrín encontró el frasco en el dormitorio!

Y todo el mundo se quedó impresionadísimo.
—¡Ladrín, eres un perro superlisto!
Y también:
—¡Ladrín, eres un perro supervaliente!
Todo el mundo felicitaba y elogiaba a Ladrín como Félix Felínez no haría nunca, aunque quisiera, pero de pronto...
Félix Felínez descubrió lo que estaba ocurriendo en realidad.

¿POR QUÉ LO HABÍA ROBADO?

PENSABA QUE ERA UN JUGUETE QUE MORDER

Es un error habitual si eres alguien a quien le encanta morder juguetes.

(ESPONTÁNEO)

POR DINERO

Este es un motivo muy común. A mucha gente le gusta el dinero.

(PLANEADO)

PARA HACER MÁS CIENCIA

¡Qué objetivo más noble! Aunque quizá no habría que llevarlo hasta el extremo.

(PLANEADO)

¿QUÉ HABÍA VISTO EL DOCTOR ROCA EN REALIDAD?

SOLO A UN PERRO

Félix comprendía lo de tenerle tanto miedo a un perro como para creer que es un monstruo. A él no le pasaba, pero a otros gatos sí.

UNA ALUCINACIÓN

Si bebieras el contenido verde resplandeciente del frasco, vete a saber lo que verías.

A UN AUTÉNTICO ALIENÍGENA

Sí, como lo lees. Había visto a un extraterrestre.

PISTAS Y PRUEBAS

El sospechoso más alto haría cualquier cosa por dinero..., ¡hasta robar!

Si el Doctor Roca hubiera visto a un auténtico alienígena, la Capitana Pizarra estaría implicada en el asunto.

Pero, si el Doctor Roca solamente había visto un perro, quien robó el frasco lo hizo pensando que era un juguete que morder.

El culpable robó el frasco de forma espontánea, no como parte de un plan.

PISTA EXTRA

¡La Capitana Pizarra habría robado el frasco para hacer más ciencia!

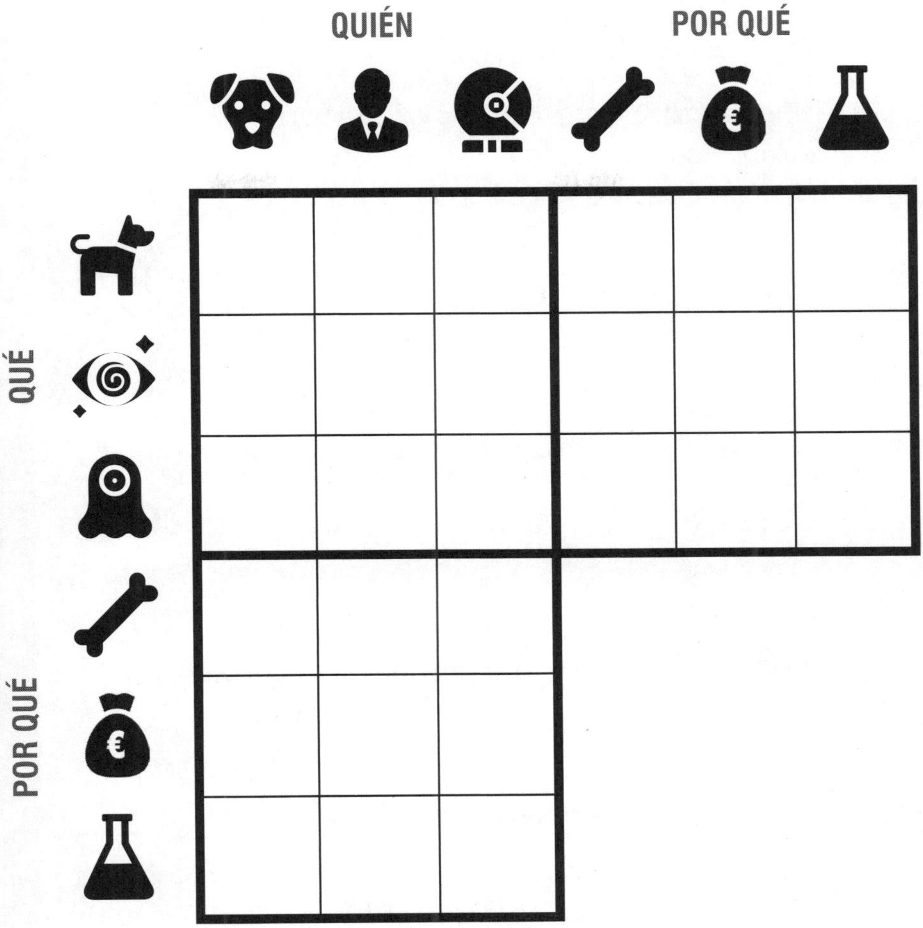

¿QUIÉN?

¿POR QUÉ?

¿QUÉ?

EPISODIO SIETE

LA GRAN REVELACIÓN REAL

Félix Felínez estaba en proceso de explicarle el misterio al Inversor Verduzco cuando el gato detective se dio cuenta de algo horrible y cierto sobre el Proyecto Científico Base Lunar. ¡Lo había tenido delante de sus ojos en todo momento!

¿QUIÉN HABÍA URDIDO UN PLAN MALVADO?

LA CAPITANA PIZARRA

Su último copiloto no volvió con vida. Esperamos que no se convierta en una costumbre.

(1,68 M • ZURDA • OJOS MARRONES • PELO CASTAÑO)

EL DOCTOR ROCA

No digas que el Doctor Roca es cobarde como un gato porque esto es un insulto hacia gatos valientes como Félix.

(1,75 M • DIESTRO • OJOS MARRONES • CALVO)

EL INVERSOR VERDUZCO

Es la persona que financió toda esta operación, así que seguro que no intentaría sabotearla de algún modo, ¿verdad que no?

(1,70 M • DIESTRO • OJOS VERDES • PELO RUBIO)

EL SEÑOR GRISÁCEO

Es un ser humano, eso está clarísimo. Conoce todos los hábitos humanos.

(1,53 M • ZURDO • OJOS VERDES • CALVO)

Solución del Episodio Seis

¡Ladrín había robado el frasco porque pensaba que era un juguete que morder y el Doctor Roca había visto tan solo a un perro!

¡Pues sí! A Félix Felínez le parecía de lo más evidente que no había ningún tipo de monstruo insecto. Ladrín solamente había cogido el frasco para morderlo —¡típico de un perro!— y había ido hacia el cuarto de baño. En algún punto del camino el sumamente cobarde Doctor Roca lo oyó resoplar y gruñir, hundiendo los dientes en el frasco de policarbonato, y en las sombras del cuarto de baño pensó que era un monstruo insecto de color verde.

¿QUÉ PLAN TENÍA?

MALVERSAR UN PORRÓN DE DINERO

Malversar es redirigir en secreto dinero público a tu cuenta corriente.

MATAR A ALGUIEN EN LA BASE

Menudo horror. Por suerte, si ese era el plan, por el momento no se había llevado a cabo.

SEGUIR HACIENDO MÁS CIENCIA

En realidad, no es un plan malvado. A no ser que la ciencia en cuestión sea malvada...

INVADIR LA TIERRA

Desde la perspectiva terrestre, es uno de los peores planes que se puede elaborar.

¿DÓNDE ESTABA?

EN EL DORMITORIO

¡Dicen que los delincuentes nunca duermen! Quizá tengan insomnio.

(INTERIOR)

EN EL LABORATORIO DE CIENCIAS

Está ahí mismo. No pinta bien. Si el villano estaba allí, Félix lo tenía crudo.

(INTERIOR)

EN EL HANGAR

Es adonde todo el mundo llega y desde donde se marcha del Proyecto Científico Base Lunar.

(INTERIOR)

EN LA CARA OCULTA DE LA LUNA

Es el lugar más alejado de la Luna desde el Proyecto Científico Base Lunar.

(EXTERIOR)

PISTAS Y PRUEBAS

El Inversor Verduzco se encontraba en el laboratorio de ciencias con Félix Felínez.

Si el Señor Grisáceo estaba detrás del plan secreto, ya debía de estar en la cara oculta de la Luna.

La persona que habría querido matar a alguien de la base estaba en el sitio más al sudeste. (Ver Prueba Documental B, al principio de esta sección).

Si el Doctor Roca estaba detrás del plan, tan solo pretendía hacer más ciencia.

El Inversor Verduzco no quería invadir la Tierra.

¡Félix descubrió que el plan secreto era malversar un porrón de dinero!

PISTA EXTRA

El Doctor Roca estaba echando una cabezada en el dormitorio.

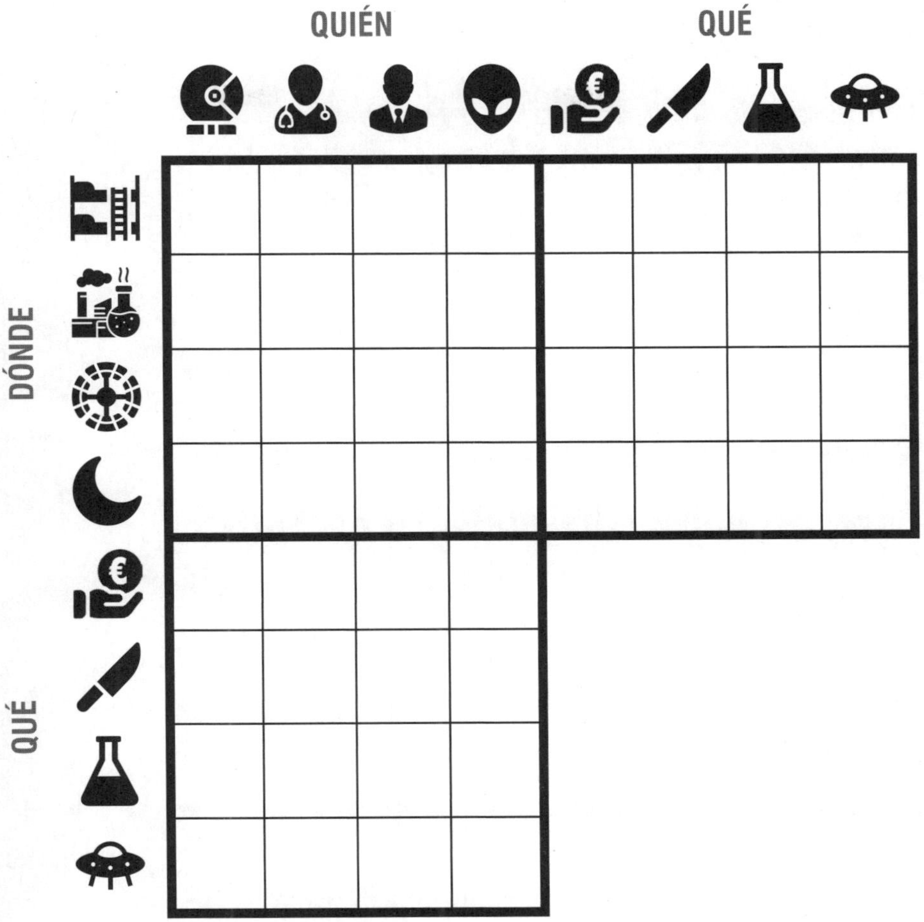

¿QUIÉN?

¿QUÉ?

¿DÓNDE?

EPISODIO OCHO

¡LA HUIDA DE LADRÍN!

Ladrín se alejó de ellos de un salto y entró en la nave espacial del Inversor Verduzco, donde pudo introducir las coordenadas con las patas. Félix no se lo podía creer, pero Ladrín se elevó por el espacio exterior. Iban a tener que averiguar quién era en realidad.

¿QUIÉN ERA LADRÍN EN REALIDAD?

UN AGENTE DE ESPÍA

Es una agencia secreta que por lo visto colabora con otros grupos poderosos. Pero ¿para hacer qué?

UNA CRIATURA EXTRATERRESTRE

Sería una auténtica pasada. ¡¿Te imaginas que tiene tentáculos y demás?!

UN REBELDE DE DRACONIA

En Draconia hay dos bandos: el Gobierno y los rebeldes. Pero ¡no dejan de intercambiarse los papeles!

UN PERRO MALVADO NORMAL Y CORRIENTE

Félix lo ha presenciado muchísimas veces. De hecho, más a menudo que al revés.

Solución del Episodio Siete

¡El inversor Verduzco estaba malversando un porrón de dinero y se encontraba en el laboratorio de ciencias!

Cuando el brillante detective Félix Felínez comenzó a maullar, el inversor Verduzco supuso que se trataba de su plan de malversación y atacó. Persiguió a Félix por toda la base lunar hasta que llegaron al hangar, que estaba ocupado ni más ni menos ¡que por Ladrín, el perro espacial!

¿QUÉ PRETENDÍA EL PLAN SECRETO?

ROBAR LA INVESTIGACIÓN CIENTÍFICA

Si el conocimiento es poder, entonces debe de valer la pena robarlo.

APROPIARSE DE LA BASE LUNAR

Todo el mundo quiere tener su propia base lunar, ¿verdad?

ERA EL PRELUDIO DE UNA INVASIÓN DE INSECTOS

Primero, robas un frasco importante.
Después, haces otras cosas.
Por último, invades.

BABEAR SIN MÁS

De un perro no se puede esperar nada mejor. Es lo que Félix creía desde un principio.

¿A DÓNDE QUERÍA LLEGAR?

A LAS MONTAÑAS LOCAS

Son una de las regiones más peligrosas de Draconia, ¡que ya es decir!

(CLIMA: NEVADO)

A HOLLYWOOD

Hacen unas mil películas al año, y por lo menos un par de ellas son buenas.

(CLIMA: SIEMPRE ESTUPENDO)

AL INSTITUTO DE LA INVESTIGACIÓN

Es uno de los lugares más misteriosos del planeta, ¡y donde Lucas pasa el verano!

(CLIMA: CAMBIANTE)

A NUEVA ÉGIDA

En esta ciudad del desierto se venden muchos productos con temática extraterrestre.

(CLIMA: SECO)

PISTAS Y PRUEBAS

Si Ladrín fuera un agente de ESPÍA, iría a Nueva Égida a relajarse.

Si el plan fuese apropiarse de la base lunar, acudiría al Instituto de la Investigación a negociar.

Si no fuera más que un perro malvado normal y corriente, Félix sabía que estaría babeando.

Si Ladrín fuese una criatura extraterrestre, también se dirigiría al Instituto de la Investigación.

A nadie de Hollywood ni de Nueva Égida le importan las investigaciones científicas robadas. Si ese fuera el objetivo, Ladrín no iría a ninguno de esos dos sitios.

¡El plan secreto era robar toda la investigación científica!

PISTA EXTRA

En Hollywood adoran a los típicos perros que babean.

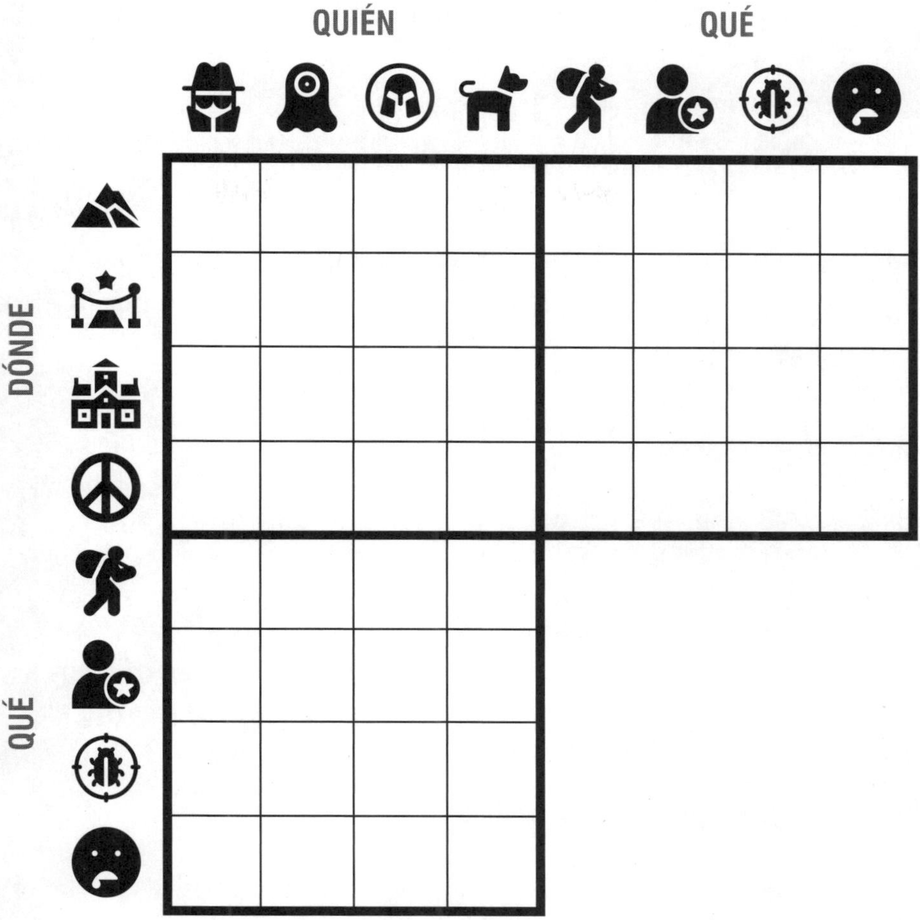

¿QUIÉN?

¿QUÉ?

¿DÓNDE?

Solución del Episodio Ocho

Ladrín, el perro espacial, era realmente un rebelde draconiano con un plan secreto para robar la investigación científica. ¡Y se dirigía hacia las Montañas Locas!

Los rebeldes draconianos habían robado las importantes investigaciones que se llevaban a cabo en el Proyecto Científico Base Lunar, y el Inversor Verduzco tuvo que presenciar, horrorizado, cómo empleaban todo su dinero para financiar soldados rebeldes que pretendían recuperar su país... ¡en lugar de malversar los beneficios!

Por supuesto, con esa falta de seguridad, el programa científico tuvo que cerrar, y Verduzco lo perdió todo. Félix Felínez estaba patidifuso y tenía mucho en lo que pensar. Había juzgado demasiado a la ligera a Ladrín, el perro espacial. No era un chucho baboso e irritante sin más, era un genio baboso e irritante que trabajaba en secreto para una nación enemiga, decidido a provocar la caída de todo lo que le importaba a Félix. ¡Un perronauta!

Esta historia sirve para demostrar que las apariencias engañan, y los perros también. Más tarde, Félix recibió un mensaje enviado en perfecto código detectivesco, aunque con un fuerte acento draconiano. El mensaje decía lo siguiente:

**¡ML HUIZ OZ FOGRNZ EUA
JFU NU EUZH, UUORMUA!**

¿Vas a poder descifrarlo? Utiliza el código incluido en la Prueba Documental B.

Félix Felínez intentó descifrarlo por su cuenta en su trayecto de regreso a la Tierra. Sin embargo, en cuanto aterrizaron, oyó un fuerte ruido y vio una luz muy intensa.

Y Félix Felínez fue abducido.

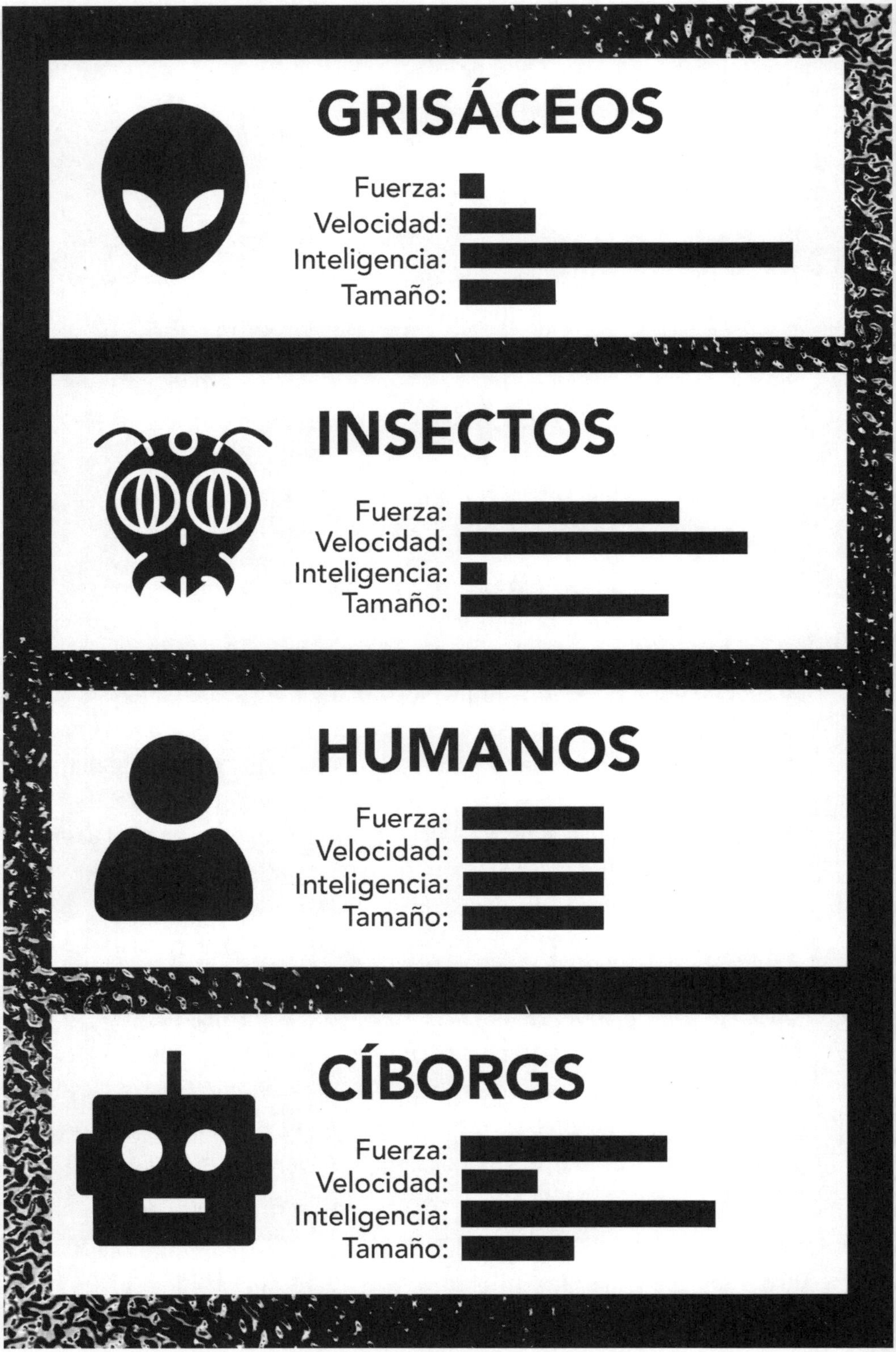

PRUEBA DOCUMENTAL C

LAS ESPECIES DE *CIBERESPACIO 2048*

OLIVIA

EN

EL MISTERIO DEL CIBERESPACIO

OLIVIA, LA DETECTIVE CONSULTORA, TRABAJABA A MEDIA JORnada en la empresa de su padre, TekCo Futuros, como una especie de genio de los ordenadores y de la programación. Un día, la llamaron para que resolviera unos problemas que habían surgido en el videojuego de realidad virtual más reciente de TekCo Futuros, llamado *Ciberespacio 2048*.

En TekCo Futuros han fabricado toda clase de productos, desde un móvil de última generación hasta sistemas de holografías, pero nunca habían entrado en el lucrativo mercado de los juegos en línea. Era la primera vez que lo hacían. En *Ciberespacio 2048*, se puede usar un casco de realidad virtual y volar por un universo repetitivo, librando batallas con alienígenas y creando bases militares en exoplanetas.

El juego ya estaba batiendo récords como el que más tiempo había tardado en desarrollarse y el que contaba con un presupuesto más elevado. Los gráficos eran tan increíbles que la gente a menudo los confundía con la vida real, y saldría a la venta al día siguiente. Solo había un problema:

El producto final estaba lleno de errores. De errores en forma de bichos.

Allá donde te movieras en el juego había bichos, unos bichos enormes que volaban, siseaban y supuraban, ansiosos por comer. En teoría, debían ser un enemigo al que enfrentarse de vez en cuando, pero se habían apoderado del juego, y nadie conseguía averiguar por qué.

Por eso llamaron a Olivia. Su misión era entrar en el mundo de *Ciberespacio 2048*, descubrir qué provocaba la aparición de los insectos y vencer al ejército de bichos.

—¿No podemos arreglar el código y ya está? —preguntó ella.

El Ejecutivo Espinaca negó con la cabeza.

—Es un universo cibernético que solamente obedece a las leyes inherentes del mundo virtual. No es posible cambiarlo desde aquí. Vas a tener que entrar en el juego con los demás jugadores de pruebas beta y viajar al planeta de donde creemos que proceden los insectos. Es la única manera de arreglarlo y salvar a tus compañeros de pruebas beta.

Espinaca señaló hacia un grupo de tres personas que estaban tumbadas en una cama con cascos de realidad virtual.

—Llevan tantísimo tiempo ahí metidos que han olvidado cómo es el mundo real.

—¿Por qué no les quitáis el casco? —preguntó Olivia.

—¡Se morirían! —se horrorizó Espinaca—. Bueno, ellos no, sino sus personajes. Y, cuando has jugado bastante tiempo a *Ciberespacio 2048*, no quieres hacer nada que mate a tu personaje. No, Olivia, me temo que eres su única esperanza.

Olivia opinaba que era una forma pésima de crear un videojuego, y Espinaca estuvo de acuerdo, pero a esas alturas resultaría demasiado costoso —y tardarían mucho tiempo además— volver atrás y hacerlo de otra manera. A fin de cuentas, tan solo quedaban veinticuatro horas para la supuesta fecha de lanzamiento del juego.

Olivia debía entrar en él, derrotar a los insectos y salir antes de que se pusiera a la venta el videojuego.

¿Lograría Olivia ser una heroína o la empresa TekCo Futuros se arruinaría?

Este es *El misterio del ciberespacio*.

EPISODIO UNO

UN PERSONAJE CON MUCHO CARÁCTER

A Olivia le dieron un casco de realidad virtual y le permitieron entrar en el mundo repetitivo de *Ciberespacio 2048*. Pero lo primero que tuvo que hacer fue crear a su personaje. Para ello, debía escoger dos cosas muy importantes: su clase y su especie. Olivia quería pensarlo muy pero que muy bien. ¿Puedes echarle una mano?

¿QUÉ CLASE DE PERSONAJE?

UNA PILOTO ESPACIAL

La típica cadete espacial. Estos personajes tienen ventaja para pilotar naves.

(FUERZA BAJA • VELOCIDAD ALTA • INTELIGENCIA MEDIA)

UNA ESGRIMISTA LUMÍNICA

Con velocidad y fuerza similares, los esgrimistas lumínicos se entrenan para manejar el sable de luz (esta es una forma elegante de describir a las espadas láser).

(FUERZA MEDIA • VELOCIDAD MEDIA • INTELIGENCIA MEDIA)

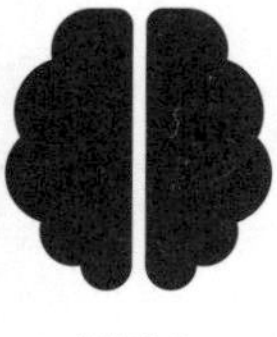

UNA DERRITEMENTES

Con la capacidad de disparar rayos de energía con la mente, una derritementes es una rival muy poderosa.

(FUERZA BAJA • VELOCIDAD ALTA • PODERES PSÍQUICOS • INTELIGENCIA ALTA)

¡Detectives! La solución de cada misterio aparecerá escrita del revés al principio del siguiente. ¡No te adelantes hasta que creas saber quién es el culpable!

¿DE QUÉ ESPECIE?

GRISÁCEA

El típico alienígena: cabezota grande, cuerpo enclenque y piel gris.

HUMANA

¿De verdad quieres elegir a un aburrido ser humano? Sorprendentemente, es la opción más habitual.

CÍBORG

Los cíborgs son tan fuertes que, si los seleccionas, los otros jugadores se enfadan.

PISTAS Y PRUEBAS

La especie más débil no puede ser el esgrimista lumínico. (Ver Prueba Documental C, al principio de esta sección).

Olivia creía que la única especie que encajaría con el piloto espacial era la humana.

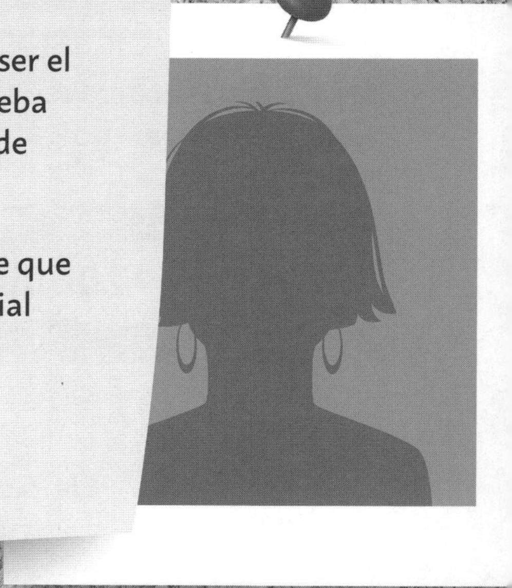

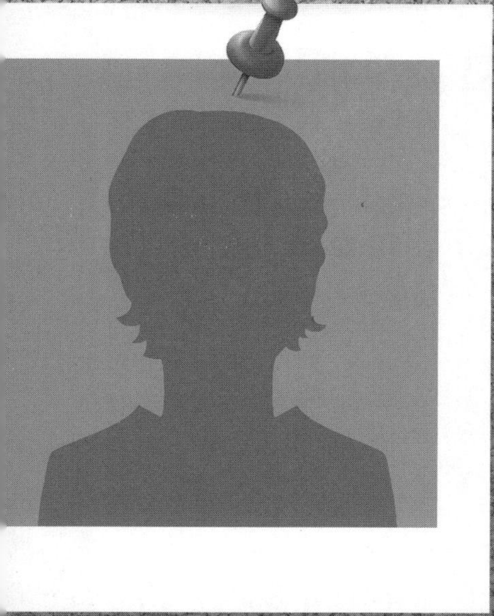

¡Olivia decidió elegir la especie de los cíborgs!

PISTA EXTRA

La única clase de personaje que Olivia elegiría con los grisáceos era una derritementes.

QUÉ CLASE

QUÉ ESPECIE

	UNA PILOTO ESPACIAL	UNA ESGRIMISTA LUMÍNICA	UNA DERRITEMENTES
GRISÁCEA			
HUMANA			
CÍBORG			

¿QUÉ CLASE?

¿QUÉ ESPECIE?

EPISODIO DOS

¿NO HABÍA INSECTICIDA?

Nada más entrar en el juego, en lugar de ver el tutorial de bienvenida para los nuevos jugadores, Olivia recibió un multiataque de insectos verdosos. Mientras peleaba con la espada láser, supo que debía introducir coordenadas en el sistema. ¿Dónde tenía pensado ir y qué criaturas había allí?

¿A DÓNDE DEBERÍA IR?

A NOXIAN-8

Es un planeta famoso por sus montañas colosales y sus cuevas gigantescas. (Altibajo, lo llaman).

(TAMAÑO MEDIO)

A CALICO-9

Este planeta destaca por sus desiertos colosales y sus postres deliciosos. (Es conocido como Arena Dulce).

(TAMAÑO GIGANTE)

A ARO-7

Es un planeta que tiene un anillo alrededor, pero no recibió el nombre por eso. (Fue por Simón Aro).

(TAMAÑO MEDIO)

A X-GNÓSTICA

De hecho, no es un planeta, sino un agujero negro que te absorberá de inmediato. (Si pestañeas, adiós).

(TAMAÑO ULTRAGIGANTE)

Solución del Episodio Uno

¡Olivia creó un ciborg esgrimista lumínico!

Tenía una espada láser y medio cráneo robótico. ¿Cómo iba a haber algo más chulo? Vale, quizá algunos jugadores pensaran que los ciborgs eran demasiado fuertes, pero a Olivia no le importaba lo que creyeran los demás. Debía cumplir una misión y estaba decidida a aprovechar cualquier posible ventaja.

Al final, entró en el peligroso mundo de *Ciberespacio 2048* con un objetivo: detener a los bichos, salvar a los jugadores beta y arreglar el juego.

¿QUÉ CRIATURAS VIVÍAN ALLÍ?

LOS GRISÁCEOS

Una raza alienígena de humanoides bajitos y grises con cabezas enormes.

(POSIBLEMENTE PELIGROSOS)

UN MONTÓN DE INSECTOS

Básicamente, era un planeta repleto de bichos.

(MUY PELIGROSOS)

SERES HUMANOS NORMALES

La humanidad se había extendido por el cosmos, y los seres humanos vivían en muchos planetas.

(MUY PELIGROSOS)

NADA

En este planeta no había vida. Ni siquiera existían las bacterias.

(PELIGROSIDAD DESCONOCIDA)

PISTAS Y PRUEBAS

Un planeta de tamaño medio no estaba habitado por la especie más inteligente (según la Prueba Documental C, que está al principio de esta sección).

Simón Aro era un ser humano normal y corriente, así que la humanidad vivía en su planeta.

En los agujeros negros, por definición, no hay nada de vida.

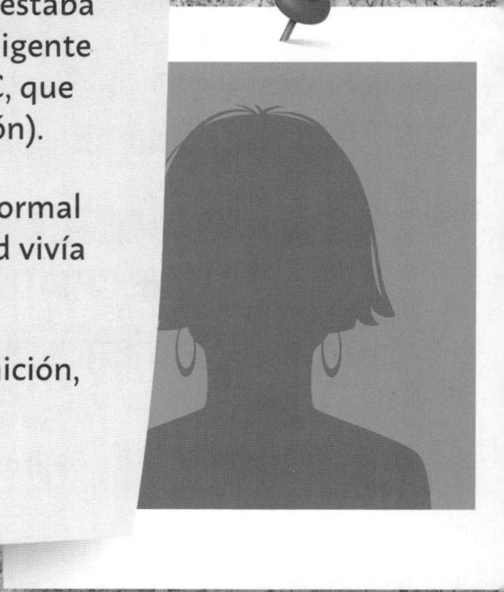

Por desgracia, Olivia debía ir al planeta plagado de insectos.

PISTA EXTRA

Los grisáceos vivían en Calico-9, pero al planeta le habían puesto otro nombre.

DÓNDE

QUÉ	A NOXIAN-8	A CALICO-9	A ARO-7	A X-GNÓSTICA
LOS GRISÁCEOS				
UN MONTÓN DE INSECTOS				
SERES HUMANOS NORMALES				
NADA				

¿DÓNDE?

¿QUÉ?

EPISODIO TRES

UN PROBLEMA CON CUATRO ROBOTS

La nave de Olivia abandonó el hiperespacio y entró en la atmósfera baja de Noxian-8, y enseguida otra horda de insectos voladores la interceptó. Olivia intentó dejarlos atrás, pero eran demasiados, y terminó estrellando la nave en un valle profundo. Cuando salió de los escombros, se topó con cuatro robots. Uno de ellos se dispuso a ayudarla. ¿Pero qué pretendían los otros tres?

¿CUÁL DE LOS ROBOTS ERA EL BUENO?

C-LOFÁN

Ese robot tenía unos cien ojos. En opinión de Olivia, le sobraban noventa y ocho.

(2,18 M • MANOS DE METAL • OJOS VERDES • CUERPO VERDE)

L-FANTE

Va por ahí encima de una enorme rueda.

(1,85 M • MANOS DE METAL • OJOS VERDES • CUERPO VERDE)

PISTA-CHO

Tiene el cuello largo, brazos que se agitan con fiereza y un precioso bigote metálico.

(1,85 M • MANOS DE METAL • OJOS VERDES • CUERPO VERDE)

SMRLD

Parecía nuevecito. O quizá fuese un robot que acababan de limpiar.

(2,13 M • MANOS DE METAL • OJOS VERDES • CUERPO VERDE)

Solución del Episodio Dos

¡Olivia puso las coordenadas de Noxian-8, el planeta plagado de insectos!

Sabía que debía ir al lugar de donde procedían los bichos si quería averiguar qué provocaba su aparición. Pero también era consciente de que no sería fácil. Por suerte, cuando dirigió la nave hacia el hiperespacio, se movió tan rápido que los insectos no pudieron seguirla. Aunque daba igual, el sitio al que iba estaría llenito de bichos...

¿QUÉ DIJO EL ROBOT?

G
«GLORBA GLOB»
Era una frase más de extraterrestre que de robot, pero al menos sonaba bien.

A
«BIP, BOP, BIP»
Era un sonido robotil bastante típico, pero ¿era de fiar?

9
«NUEVE, CERO, NUEVE, NUEVE»
¿9099? Qué número más raro. ¿Significaría algo?

X
«ERROR, ERROR»
Por lo visto, el robot daba error. ¡¿O lo habían invadido los errores?!

PISTAS Y PRUEBAS

L-Fante no paraba de decir: «Glorba glob», y a Olivia le preocupó que se hubiera roto.

El robot más alto era el que decía: «Error, error». Ay, ay, ay.

El robot con el cuello largo no dijo: «Bip, bop, bip».

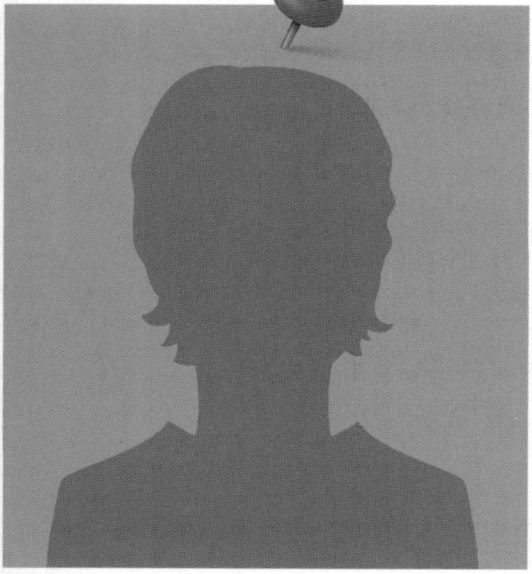

A Olivia le habían explicado que el robot que encontraría le diría: «Nueve, cero, nueve, nueve».

PISTA EXTRA

Smrld era el que decía lo de ‹Bip, bop, bip›, que en realidad eran palabrotas en lengua robotil.

CUÁL

QUÉ	C-LOFÁN	L-FANTE	PISTA-CHO	SMRLD
G «GLORBA GLOB»				
A «BIP, BOP, BIP»				
9 «NUEVE, CERO, NUEVE, NUEVE»				
✕ «ERROR, ERROR»				

¿CUÁL?

¿QUÉ?

EPISODIO CUATRO
PROBLEMAS EN LA TORRE

Pista-Cho condujo a Olivia hasta la torre donde se refugiaban los jugadores beta. Consiguió llegar hasta ellos sin atraer la atención de demasiados bichos. Pero, cuando llegaron, no supieron cómo entrar: ¡la torre estaba sellada! Olivia se puso a intentar acceder de inmediato.

¿CÓMO PODRÍAN ENTRAR EN LA TORRE?

POR ARRIBA

La torre era más alta que un pino, así que quizá costaría llegar a la cima.

POR DEBAJO

Si se pudiera acceder por debajo de la tierra, a lo mejor se lograría entrar por el suelo.

POR LA PUERTA PRINCIPAL

Vale, alguien había clavado un montón de tablones de madera y luego otros tablones con clavos.

POR LA ENTRADA LATERAL CAZABOBOS

De acuerdo, era una forma de entrar, pero también una trampa llena de cuchillos.

Solución del Episodio Tres

¡Pista-Cho era el robot bueno, que decía: «Nueve, cero, nueve, nueve»!

En cuanto Olivia supo en qué robot podía confiar, lo siguió hasta un escondrijo secreto donde se habían instalado algunos de los jugadores beta, en los valles profundos de Noxian-8.

—¡Yo te llevo! —exclamó Pista-Cho, pero al poco tiempo empezó a balbucear y a comportarse de forma rara.

¿QUÉ HERRAMIENTA NECESITARÍAN?

UNA MOCHILA COHETE

Pero, como ya hemos dicho, solo si no te importa quemarte las piernas por detrás.

(PESADA)

UN CAÑÓN

A veces un cañón es justo lo que se necesita.

(ULTRAPESADO)

UNA AUTOPALA

Es una pala con un brazo robótico que permite cavar superrápido.

(PESO MEDIO)

UNA VIDA EXTRA

Es muy útil en los videojuegos porque en *Ciberespacio 2048* es habitual que termines muriendo.

(NO PESA)

PISTAS Y PRUEBAS

Para acceder por el suelo haría falta usar una autopala.

Si intentaras entrar por la puerta lateral cazabobos, necesitarías una vida extra.

La herramienta pesada no serviría para entrar por la puerta principal.

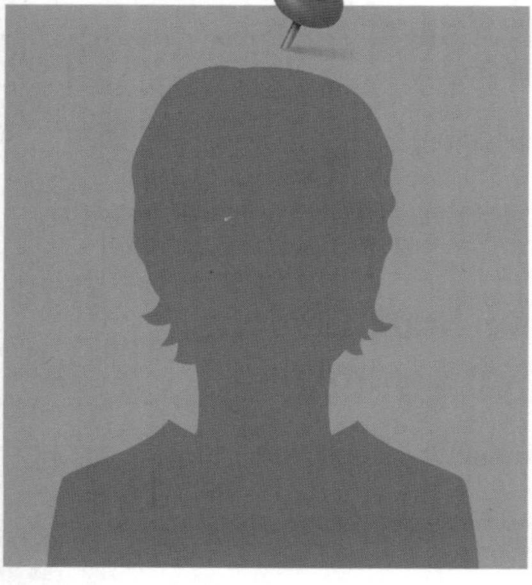

Olivia sabía que la única entrada que no estaba cerrada con llave se encontraba en la cima de la torre.

PISTA EXTRA

Disparar con el cañón sería la única manera de entrar por la puerta principal.

CÓMO

QUÉ

	POR ARRIBA	POR DEBAJO	POR LA PUERTA PRINCIPAL	POR LA ENTRADA LATERAL CAZABOBOS
UNA MOCHILA COHETE				
UN CAÑÓN				
UNA AUTOPALA				
UNA VIDA EXTRA				

¿CÓMO?

¿QUÉ?

EPISODIO CINCO

UN TRAIDOR EN LA TORRE

Cuando Olivia entró en la torre gigantesca, la recibió un aterrado jugador beta.

—¡Muchas gracias por venir! Los insectos se han apropiado de todo. Pero además ocurre algo más: ¡creemos que uno de los jugadores está controlado por la inteligencia artificial y conspira contra nosotros!

¿Podrás averiguar cuál de los jugadores era en realidad un personaje no jugable?

¿QUIÉN ERA NO JUGABLE?

LA PILOTO ESPACIAL SOL

Contaba historias maravillosas sobre las veces que había perseguido a los bichos. Quizá demasiadas...

(1,80 M • DIESTRA • OJOS MARRONES • PELO CASTAÑO)

EL ESGRIMISTA LUMÍNICO LAMÍN

Si Olivia debía enfrentarse a otro esgrimista lumínico, sería una batalla preciosa. Las espadas láser son chulísimas.

(1,68 M • DIESTRO • OJOS VERDES • PELO ROJIZO)

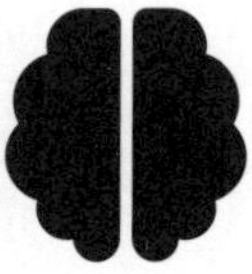

EL DERRITEMENTES MOSTAZA

Se había pasado el tiempo haciendo levitar objetos y cosas así.

(1,70 M • DIESTRO • OJOS MARRONES • PELO RUBIO)

Solución del Episodio Cuatro

¡Entraron por arriba con una mochila cohete!

Por suerte, Pista-Cho había conseguido incorporar una mochila cohete a su cuerpo metálico. Como tenía piernas ignífugas —o tal vez porque el motor físico de *Ciberespacio 2048* no permitía subidas de temperatura—, pudieron llegar a la cima de la torre sin hacerse daño.

¿DÓNDE SE ENCONTRABA EL TRAIDOR?

EN LA AZOTEA

Tenía unas vistas estupendas a un paisaje sumamente hostil y aterrador. ¿Era algo relajante?

(EXTERIOR)

EN EL BÚNKER

Allí se ocultaban cuando los insectos los atacaban.

(INTERIOR)

EN LA CANTINA

Es otra forma de referirse a una cafetería. Pero en realidad no canta nadie.

(INTERIOR)

¿QUÉ LO DELATÓ?

UN MAPA DE LA TORRE

Estaban marcadas todas las entradas y salidas, y aparecía todo indicado con etiquetas.

(LIGERO • HECHO DE PAPEL)

UNA MOTOSIERRA GIGANTESCA

A ver, que alguien vaya por ahí con una motosierra es muy sospechoso.

(PESADA • HECHA DE METAL)

UN BLÁSTER HORROROSO

Era un arma muy poderosa en el juego, pero de aspecto bastante ridículo.

(PESO MEDIO • HECHO DE PLÁSTICO)

PISTAS Y PRUEBAS

El mapa de la torre estaba donde no cantaba nadie.

El Esgrimista Lumínico Lamín se encontraba en una zona interior.

El sospechoso más alto blandía el arma más pesada.

El derritementes estaba donde la gente se escondía durante los ataques de los bichos.

¡El bláster horroroso hizo sospechar a Olivia!

PISTA EXTRA

El Esgrimista Lumínico Lamín estaba analizando un mapa de la torre.

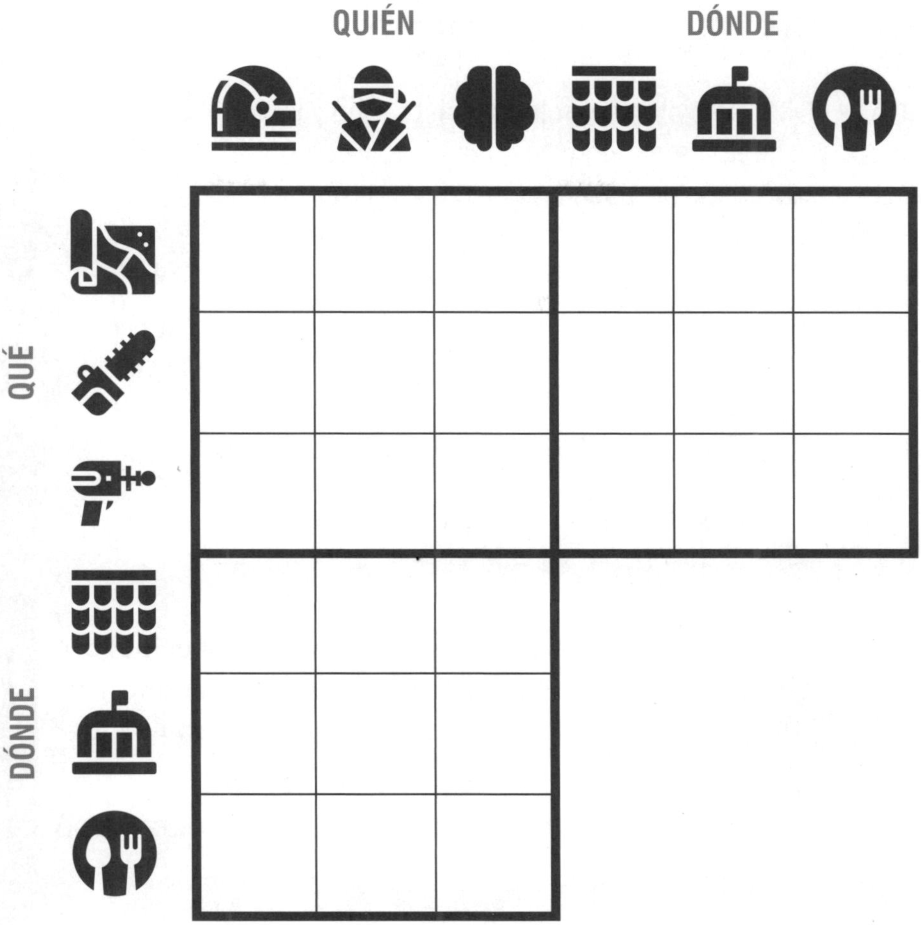

¿QUIÉN?

¿DÓNDE?

¿QUÉ?

EPISODIO SEIS

UNA PISTA QUE CONFUNDE

¡CATAPUM! La explosión golpeó a Pista-Cho y lanzó a todos al suelo, llenando el aire de humo y polvo. Cuando la neblina empezó a despejarse, Olivia persiguió a alguien en la oscuridad. Pero ¿quién era? ¿Y hacia dónde la llevaban?

¿QUIÉN IBA DELANTE DE OLIVIA?

PISTA-CHO

Comenzaba a resultar adorable y costaría librarse de él. Pero ¿estaría tramando algo? ¿Merodeaba por ahí? ¿Era un malvado disfrazado?

(1,85 M • MANOS DE METAL • OJOS VERDES • CUERPO VERDE)

EL DERRITEMENTES MOSTAZA

Cuando alguien te lanza un poderoso ataque mental, mantenerlo vigilado suele ser una buena idea. Por lo menos hasta saber que no volverá a hacerlo.

(1,70 M • DIESTRO • OJOS MARRONES • PELO RUBIO)

LA PILOTO ESPACIAL SOL

Contaba historias maravillosas sobre las veces que había perseguido a los bichos. Quizá demasiadas...

(1,80 M • DIESTRA • OJOS MARRONES • PELO CASTAÑO)

Solución del Episodio Cinco

¡Era el Derritementes Mostaza, que estaba en el búnker con un bláster horroroso!

—¡No soy un jugador no jugable! —dijo el Derritementes Mostaza.

—¡Sí, sí que lo eres! —afirmó Olivia—. Ningún jugador real usaría esa arma, por muy poderosa que sea, porque ¡es feísima!

De repente, los ojos del Derritementes Mostaza se pusieron rojos, e intentó utilizar una explosión mental con Olivia. Pista-Cho saltó delante de ella y recibió el estallido en el bigote. Como no tenía cerebro, era inmune al ataque mental, así que ¡el Derritementes Mostaza huyó a toda prisa!

¿A DÓNDE SE DIRIGÍA?

BAJO TIERRA

Ahora mismo, el suelo está debajo de ti. Pero ¿y si tú estuvieras bajo el suelo?

AL ESPACIO

Si quieres ir al espacio, ve en dirección contraria a estar bajo tierra.

POR AHÍ

¿A dónde se había ido? «Pues nada, por ahí». Y ahí era donde estaba.

¿QUÉ DESCUBRIERON ALLÍ?

UNA ESFERA CENTELLEANTE

¿Qué terrible secreto iluminaba su luz resplandeciente?

UN PUNTO DE GUARDADO SECRETO

Podrías guardar, luego atacar a tus compañeros jugadores y reiniciar sin que importase lo ocurrido.

EL FIN DEL UNIVERSO

Si el universo debe terminar en algún lugar, ¿por qué no ahí? (Es que los programadores se quedaron sin ideas).

PISTAS Y PRUEBAS

Pista-Cho siempre había soñado con viajar al espacio. ¡Ahí era donde habría ido!

A la Piloto Espacial Sol le habría encantado visitar un punto de guardado por si terminaban matando a su personaje.

El sospechoso más bajito merodeaba bajo tierra.

El fin del universo no estaba bajo tierra.

¡Siguieron al Derritementes Mostaza hasta descubrir un terrorífico secreto!

PISTA EXTRA

¡El fin del universo estaba en el espacio! (O, por lo menos, el fin del universo de *Ciberespacio 2048*).

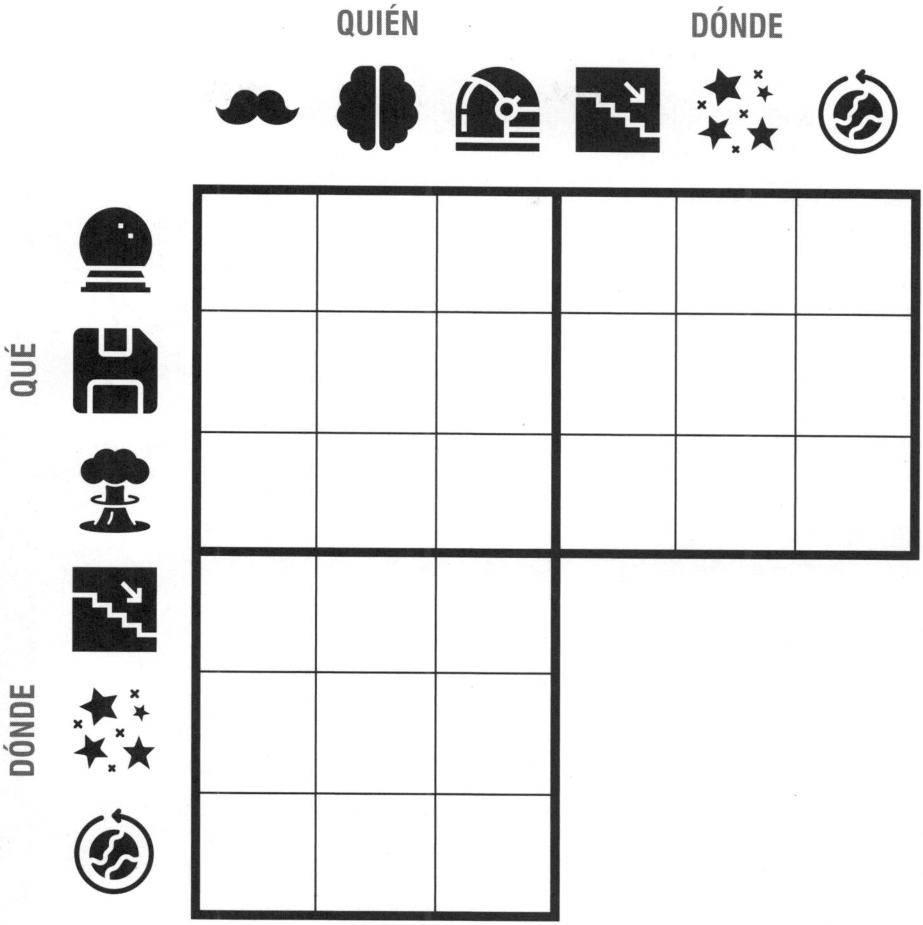

¿QUIÉN?

¿DÓNDE?

¿QUÉ?

EPISODIO SIETE

¿QUÉ LE PASA A LA ESFERA ESTA?

—¡Tenemos que investigar qué está pasando! —le dijo Olivia a Pista-Cho antes de agacharse para fijarse mejor en la esfera sin molestar a la gente que la rodeaba. Alguien del juego estaba al mando de todo, y Olivia iba a descubrir quién era.

¿QUIÉN ORGANIZABA LA OPERACIÓN?

LA PILOTO ESPACIAL SOL

Contaba historias maravillosas sobre las veces que había perseguido a los bichos. Quizá demasiadas...

(1,80 M • DIESTRA • OJOS MARRONES • PELO CASTAÑO)

PECANA

Es la rival de Olivia en TekCo Futuros. No ha aparecido en ningún momento de la aventura, pero Olivia sigue sin fiarse de ella.

(1,31 M • ZURDA • OJOS MARRONES • PELO CASTAÑO)

PISTA-CHO

Comenzaba a resultar adorable y costaría librarse de él. Pero ¿estaría tramando algo? ¿Merodeaba por ahí? ¿Era un malvado disfrazado?

(1,85 M • MANOS DE METAL • OJOS VERDES • CUERPO VERDE)

EL DERRITEMENTES MOSTAZA

Quizá no se trataba de un ayudante aleatorio e incompetente. Quizá era el que estaba detrás de todo.

(1,70 M • DIESTRO • OJOS MARRONES • PELO RUBIO)

Solución del Episodio Seis

¡Siguieron al Derritementes Mostaza bajo tierra, donde descubrieron una enorme esfera centelleante!

—¿Qué narices está pasando? —preguntó Olivia.

Pista-Cho respondió con una lista de números que Olivia no pudo entender porque no era robot ni hablaba su idioma. Aun así, pasaba algo raro: ¡decenas de personas estaban construyendo una especie de esfera centelleante gigantesca! Pero ¡¿por qué?!

¿CÓMO CONTROLABA A LOS DEMÁS?

PROGRAMÁNDOLOS

¿Eran jugadores no jugables? En ese caso, para controlarlos solo había que programarlos correctamente.

PAGÁNDOLES MUCHO DINERO

Te sorprendería lo que está dispuesta a hacer la gente por dinero. O quizá no. Quizá ya lo sabes.

CON ALGÚN TIPO DE VIRUS

Olivia ya se ha topado antes con virus informáticos, y pueden ser muy malvados.

CON RECOMPENSAS

Si das recompensas a los jugadores, harán casi cualquier cosa.

¿QUÉ OBJETIVO TENÍA LA ESFERA?

SER UNA BUENA FUENTE DE LUZ

En los túneles estaba oscuro. Quizá necesitaban luz para ver algo.

SER LA BOLA DE DISCOTECA MÁS GRANDE DEL MUNDO

A veces solo apetece bailar un poco y ya está.

CREAR A LOS INSECTOS

¿Era posible que la esfera estuviese provocando la aparición de los bichos?

ATRAER A LOS INSECTOS

¿Quizá la esfera los estaba congregando para atacarlos a todos juntos?

PISTAS Y PRUEBAS

Pecana era muchas cosas, pero jamás sabotearía TekCo Futuros. No estaba detrás de ningún plan para crear bichos ni errores informáticos.

Pecana era una programadora de primera. Si fuese la culpable, utilizaría la programación para controlar a la gente.

Si el objetivo de la esfera gigante era atraer a los bichos, habría que pagar a la gente.

Y, si el objetivo de la esfera era ser una bola de discoteca, entonces la gente esperaba una recompensa.

A la Piloto Espacial Sol le encantaba bailar, por eso había construido una esfera gigante.

El Derritementes Mostaza es el típico al que le gustaría atraer a los bichos.

Al acercarse a la esfera, ¡Olivia vio que los insectos salían del interior!

PISTA EXTRA

Si quisieras crear insectos, necesitarías un virus para controlar a la gente.

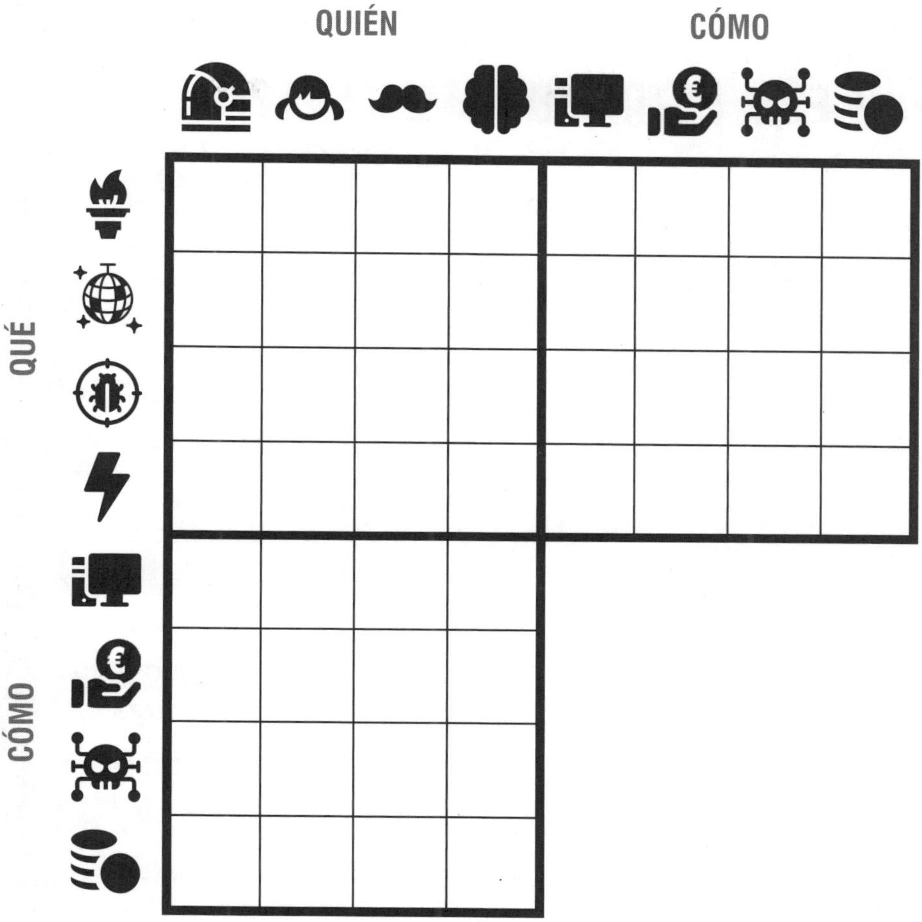

¿QUIÉN?

¿CÓMO?

¿QUÉ?

EPISODIO OCHO

¿QUIÉN ESTÁ DETRÁS DE LA PERSONA QUE ESTÁ DETRÁS DE LA ESFERA?

Olivia se escondió tras una roca. No comprendía lo que estaba pasando.

—Algo no está bien —dijo—. ¡No me creo que Pista-Cho sea malvado! ¡Detrás de todo esto tiene que estar otra persona! —A pesar de todo, seguía confiando en Pista-Cho. ¿Hacía bien?

¿QUIÉN ESTABA DETRÁS DE LOS ATAQUES?

EL DIRECTOR ÍNDIGO

¡Era el padre de Olivia! Quizá no hubiera fundado TekCo Futuros, pero había comprado la empresa y todavía no se la había cargado.

(1,80 M • DIESTRO • OJOS VERDES • PELO CASTAÑO)

EL EJECUTIVO ESPINACA

Que Espinaca le hubiera encargado la misión a Olivia no significa que quisiera que fuese un éxito.

(1,68 M • ZURDO • OJOS VERDES • PELO NEGRO)

PECANA

Es la rival de Olivia en TekCo Futuros. No ha aparecido en ningún momento de la aventura, pero Olivia sigue sin fiarse de ella.

(1,31 M • ZURDA • OJOS MARRONES • PELO CASTAÑO)

PISTA-CHO

Quizá estaba detrás de todo. Quizá nadie lo controlaba. Quizá era un personaje no jugable malvado que quería controlar *Ciberespacio 2048*.

(1,85 M • MANOS DE METAL • OJOS VERDES • CUERPO VERDE)

Solución del Episodio Siete

¡Fue Pista-Cho! ¡Había usado un virus para que la gente construyera la esfera gigante que creaba los bichos!

—¡Pista-Cho! —chilló Olivia—. ¡¿Cómo has podido?!

—¡¡¡Nueve, cero, nueve, nueve!!! —replicó Pista-Cho.

De repente, todo el mundo se giró hacia Olivia con los ojos rojos. ¡Eran personajes no jugables! En ese momento, Olivia dejó de indignarse y comenzó a correr. Ellos se pusieron a perseguirla.

¿QUÉ PLAN TENÍA?

RETRASAR EL LANZAMIENTO DE *CIBERESPACIO 2048*

En el mundo empresarial, retrasar un lanzamiento es lo peor que se puede hacer, ya sea por una invasión de bichos, o por una actividad delictiva.

VOLVER MÁS FUERTE A SU PERSONAJE

Cada bicho al que mataba le daba un poco de experiencia, así que si alguien matase a millones...

INTENTAR MEJORAR EL JUEGO

Estaban poniéndolo a prueba en busca de mejoras.

ADORABA A LOS BICHOS

Oye, a lo mejor a alguien le gustan los bichos. No es un delito, ¿a que no?

¿DÓNDE ESTABA EL CUARTEL GENERAL?

EN LAS PROFUNDIDADES DE NOXIAN-8

Si te adentrases en este planeta digital, encontrarías una cueva perfecta donde poder urdir planes.

(INTERIOR)

EN TEKCO FUTUROS

Están a la vanguardia del encubrimiento delictivo. Todos los días crean delitos nuevos.

(INTERIOR)

EN LA CARA OCULTA DE LA LUNA

De vuelta al mundo real, probablemente sea el sitio más difícil al que acceder.

(EXTERIOR)

EN NUEVA ÉGIDA

Es una ciudad tranquila. No hay motivo para pensar que allí se ha elaborado un plan tan malvado.

(EXTERIOR)

PISTAS Y PRUEBAS

El Director Índigo de ninguna manera querría retrasar el lanzamiento.

Si Olivia tuviese que adivinar, diría que Pecana adora a los insectos.

El padre de Olivia no organizaría un plan como ese desde TekCo Futuros. ¡Demasiado obvio!

El cuartel general de Pista-Cho estaba en un lugar interior.

El sospechoso con el cuartel general en Nueva Égida quería que su personaje fuera más fuerte.

El sospechoso con el cuartel general en las profundidades de Noxian-8 solo quería mejorar el juego.

El sospechoso de manos metálicas no quería retrasar el lanzamiento del juego.

La persona a la que le gustan los bichos no tiene su cuartel general en TekCo Futuros.

¡Olivia estaba convencida de que el plan se había urdido en TekCo Futuros!

PISTA EXTRA

Pista-Cho solo pretendía mejorar el juego.

¿QUIÉN?

¿QUÉ?

¿DÓNDE?

Solución del Episodio Ocho

¡Fue el Ejecutivo Espinaca, que quería retrasar el lanzamiento de *Ciberespacio 2048*, y su cuartel general estaba en TekCo Futuros!

De repente, Olivia ató todos los cabos. Lo único que debía hacer era cerrar la sesión y enfrentarse al Ejecutivo Espinaca, pero, cuando intentó quitarse el casco, tan solo levantó las manos en el juego.

—¡No sé cómo cerrar la sesión! —exclamó—. ¿Cómo se hace?

Los personajes no jugables corrían hacia ella blandiendo los puños digitales. Pero, cuando Olivia pensó que había llegado su fin, Pista-Cho saltó justo delante de ella.

—¡Ocho, ocho, ocho! —anunció Pista-Cho. Y Olivia lo entendió. Levantó los brazos de verdad, cogió el casco de realidad virtual y se lo quitó.

Se incorporó en la sala de realidad virtual de TekCo Futuros, se giró y miró al Ejecutivo Espinaca.

—¡¿Por qué has provocado la invasión de insectos?!

—¡¿A qué te refieres?! —Espinaca se puso pálido.

—¡Sé que has sido tú! —insistió Olivia—. He unido las pistas y lo he adivinado. Lo único que no sé es por qué. ¿Conspiras contra la empresa?

—¡No! —rugió Espinaca—. ¡Es que el juego no está listo! ¡Hay que hacer más pruebas! Como salga mañana, a la gente no le gustará, ¡y a mí me despedirán!

—¡Pues retrasa el lanzamiento! —le propuso Olivia.

—No puedo. —Espinaca negó con la cabeza—. El último que no cumplió una fecha de lanzamiento fue asesinado..., digo, despedido.

La situación era cada vez más incómoda para los dos.

—Creo que a la gente le gustará de todas formas —dijo Olivia al fin—. Los gráficos son espectaculares. Muy realistas.

—¿Sí? —repuso Espinaca—. ¿Sabes una cosa? A muchos jugadores, cuando cierran la sesión, les cuesta distinguir entre el mundo virtual y el real.

Pero, antes de que Olivia pudiese contestar, en la sala apareció una luz cegadora. A continuación, se oyó un chirrido estruendoso, y, tal como les había pasado a Lucas y a Félix Felínez...

Olivia también fue abducida.

PRUEBA DOCUMENTAL D

EL MAPA OFICIAL DEL TRANSPORTE PÚBLICO

JULIA

EN

EL CASO DE LA CARRERA ESPACIAL

DESPUÉS DE LO OCURRIDO EN *DETECTIVES A LA CAZA*, UN misterio de *Murdle Júnior* protagonizado por Julia, ella misma se dirigió a entregar los informes al Club de los Detectives. Había sido un caso especialmente loco, lleno de traiciones, reveses, intriga internacional y un hurón, y Julia quería asegurarse de que en el Club de los Detectives se conocía hasta el último de los detalles.

Sin embargo, cuando fue a depositar el informe en el lugar secreto de entrega, vio que un mensaje la estaba esperando.

Estaba escrito en el código detectivesco, pero Julia lo tradujo al regresar a casa. Decía lo siguiente:

¡JULIA! ¡HA HABIDO PROBLEMAS! ¡NECESITAMOS QUE TE REÚNAS CON NOSOTROS EN UN OVNI!

¡TE MANDAREMOS LAS COORDENADAS!

¡LA ADMINISTRACIÓN ESPACIAL PODRÁ LLEVARTE!

Julia supo que sus amigos estaban en peligro, así que salió disparada de casa y se dirigió lo más rápido posible hacia la parada de autobuses. Si quería llegar junto a sus amigos a tiempo para ayudarlos, debía darse prisa. Pero ¡¿qué estaba pasando?! ¡¿Y qué sucedía en ese misterioso ovni?! Julia debería descubrirlo, pero, en primer lugar, tendría que averiguar la manera de llegar hasta allí.

¡Este es *El caso de la carrera espacial*!

EPISODIO UNO

AQUÍ HAY GATO ENCERRADO (Y NO ES FÉLIX)

Cuando Julia inició el viaje hacia la Administración Espacial, se dio cuenta casi al instante de que alguien la seguía. ¿Podrás reunir las pistas y llegar a la misma conclusión que ella? ¿Quién la estaba siguiendo y cuál fue el detalle que lo delató?

¿QUIÉN SEGUÍA A JULIA?

LA AGENTE COBRE

Vale, sí, la Agente Cobre casi siempre ayudaba a Julia a resolver misterios, pero ¿estaría intentando que Julia bajara la guardia?

(1,68 M • DIESTRA • OJOS VERDES • PELO ROJIZO)

EL SEÑOR SOMBRÍO

Envuelto en las sombras, disfrazado y con un sombrero espeluznante, está claro que es quien tenía más números para seguir a Julia.

(1,78-1,85 M • DIESTRO • OJOS ??? • PELO OSCURO)

LA MADRE MALVA

Que Julia no esté en la escuela no significa que las monjas no quieran vigilarla. De hecho, siempre es más seguro tenerla vigilada.

(1,73 M • DIESTRA • OJOS MARRONES • PELO CASTAÑO)

¡Detectives! La solución de cada misterio aparecerá escrita del revés al principio del siguiente. ¡No te adelantes hasta que creas saber quién es el culpable!

¿QUÉ LO DELATÓ?

UNA CONVERSACIÓN POR WALKIE-TALKIE

Si oyes a alguien hablando sobre ti por un walkie-talkie, es probable que te esté vigilando.

UNAS VIBRAS ESCALOFRIANTES

Si alguien te da unas vibras escalofriantes, ¡haz caso a tu intuición!

UNOS PASOS MISTERIOSOS

Oír pasos detrás de ti es la forma detectivesca más clásica para saber que alguien te sigue.

PISTAS Y PRUEBAS

La Madre Malva casi siempre desprendía vibras escalofriantes.

Los pasos de la Agente Cobre eran muchas cosas —sonoros, rítmicos, familiares—, pero nunca misteriosos.

Julia sabía que la estaban siguiendo de la forma detectivesca más clásica.

PISTA EXTRA

La Agente Cobre se pasaba el día hablando por el walkie-talkie. Es un hecho.

QUIÉN

QUÉ

	 LA AGENTE COBRE	 EL SEÑOR SOMBRÍO	 LA MADRE MALVA
 UNA CONVERSACIÓN POR WALKIE-TALKIE			
 UNAS VIBRAS ESCALOFRIANTES			
 UNOS PASOS MISTERIOSOS			

¿QUIÉN?

¿QUÉ?

EPISODIO DOS

MENUDO LÍO DE TRANSPORTE PÚBLICO

Julia corrió para coger el autobús hacia el aeropuerto. Por desgracia, los horarios le resultaron bastante difíciles de comprender. Intimidar a sospechosos era fácil, pero entender los horarios de un autobús no lo era tanto. ¿Qué línea debía pillar si quería ir al aeropuerto? Las líneas llevaban el nombre de un color, pero ¡el mapa estaba impreso en blanco y negro!

¿QUÉ LÍNEA DEBÍA COGER?

A

LA LÍNEA AZUL

Vale, a ver, el mapa era en blanco y negro, así que costaba identificar las líneas de bus.

R

LA LÍNEA ROJA

¿A lo mejor tenía un tono distinto que el azul? Aunque en realidad todos los colores parecían iguales.

V

LA LÍNEA VERDE

Julia deseó que hubieran impreso el mapa en color.

Solución del Episodio Uno

¡La seguía el Señor Sombrío, y Julia lo supo gracias a sus pasos misteriosos!

Julia sabía que alguien la seguía y sabía, además, que ese alguien era el Señor Sombrío, pero ¿quién era el Señor Sombrío? Esta era una buenísima pregunta que Julia esperaba poder contestar, pero solo después de llegar a la Administración Espacial. Alcanzó la parada de autobús en tiempo récord. Saber que te siguen es una forma estupenda de acelerar el paso un poquitín.

¿A DÓNDE SE DIRIGÍA EL AUTOBÚS?

A LOS ACANTILADOS

Ese bus saldrá volando por un acantilado. ¡No lo cojas!

AL SAGRADO RIÑÓN

Se trata de un autobús que va a la escuela de Julia. Es aún peor que el que se dirige a los acantilados.

AL AEROPUERTO

En cierto sentido, el destino de ese autobús es cualquier lugar del mundo.

PISTAS Y PRUEBAS

Julia analizó el mapa del metro, que aparece como Prueba Documental D, al principio de esta sección, para poder comprender las siguientes pistas:

Alguien había escrito un mensaje en la parada de autobús: «Para coger la línea azul, ¡ve hacia el este!».

Julia sabía que la línea roja al principio iba al norte de la parada donde estaba ella.

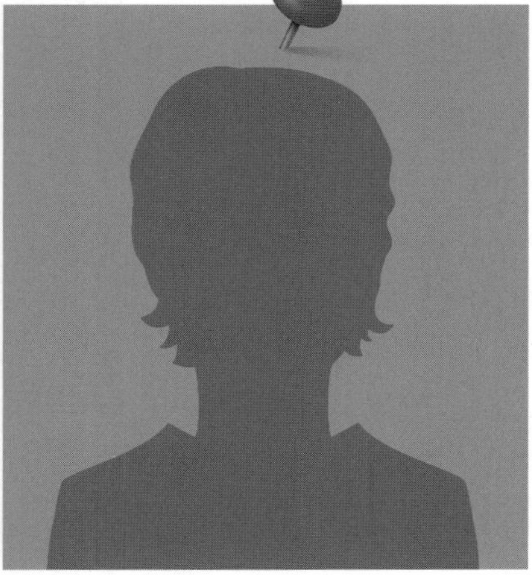

¡Julia quería ir al aeropuerto!

PISTA EXTRA

Julia esperaba que el Señor Sombrío cogiese la línea azul, porque entonces se caería por un acantilado y ella se libraría de su sombra... para siempre.

QUÉ

A DÓNDE	A LA LÍNEA AZUL	R LA LÍNEA ROJA	V LA LÍNEA VERDE
 A LOS ACANTILADOS			
 AL SAGRADO RIÑÓN			
 AL AEROPUERTO			

____

¿QUÉ?

____

¿A DÓNDE?

EPISODIO TRES
LOS DELITOS NO DESCANSAN NUNCA

Cuando Julia subió al autobús, tuvo un presentimiento de que ocurría algo raro. Su entrenamiento en el Club de los Detectives la había preparado para esas situaciones, así que escogió el asiento con cuidado. ¿Qué era lo que sospechaba y dónde se sentó exactamente?

¿QUÉ OCURRÍA?

EL AUTOBÚS ESTABA A PUNTO DE ESTALLAR

Si el autobús va a estallar, es el peor sitio en el que puedes estar.

(MUY PELIGROSO)

EL PERSEGUIDOR TAMBIÉN SUBIÓ

La persona que seguía a Julia se encontraba en el autobús.

(BASTANTE PELIGROSO)

EL CONDUCTOR NO SABÍA CONDUCIR

Le iba a dar algo, y pronto a todos sus pasajeros también.

(MUY PELIGROSO)

NADA

No había ningún problema, ni uno solo. Todo bien.

(PARA NADA PELIGROSO)

Solución del Episodio Dos

¡La línea verde iba hacia el aeropuerto!

Julia subió al autobús de la línea verde, pero entonces miró alrededor y descubrió algo totalmente espeluznante. Vio sin ninguna duda que una de las personas que había subido al autobús era el Señor Sombrío, que se había disfrazado para ocultarse.

¿DÓNDE DEBÍA SENTARSE?

EN LA PRIMERA FILA

Pro: estaba cerca de la zona delantera.
Contra: le daba la espalda a todo el mundo.

(INTERIOR)

EN UN ASIENTO CENTRAL EN EL MEDIO

Pro: ninguno.
Contra: estaba sentada entre dos tipos brutos.

(INTERIOR)

EN LA ÚLTIMA FILA

Pro: desde allí veía todo el autobús.
Contra: debería esperar para bajar.

(INTERIOR)

EN EL TECHO

Pro: era fácil sentarse allí.
Contra: también era fácil caerse.

(EXTERIOR)

PISTAS Y PRUEBAS

Julia solamente se sentaría en la primera fila si la situación no fuera peligrosa.

Si el conductor no sabía conducir, por seguridad lo mejor era sentarse en el medio.

Si el autobús podía explotar, quizá convenía sentarse en el exterior.

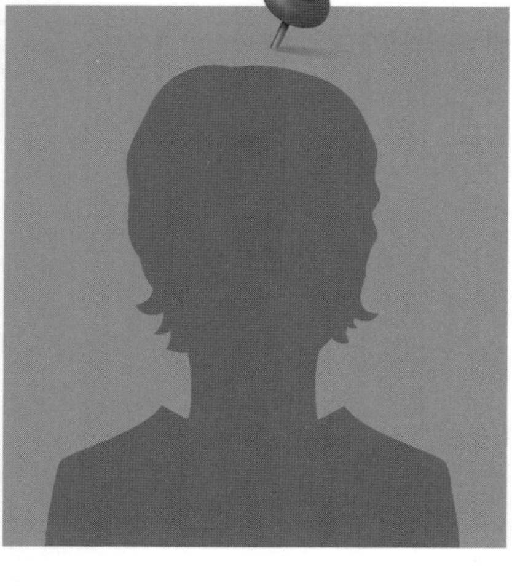

Julia se sentó desde donde podía ver todo el autobús.

PISTA EXTRA

Julia tan solo se sentaría en el techo si el autobús estuviera a punto de explotar.

QUÉ

DÓNDE	EL AUTOBÚS ESTABA A PUNTO DE ESTALLAR	EL PERSEGUIDOR TAMBIÉN SUBIÓ	EL CONDUCTOR NO SABÍA CONDUCIR	NADA
EN LA PRIMERA FILA				
EN UN ASIENTO CENTRAL EN EL MEDIO				
EN LA ÚLTIMA FILA				
EN EL TECHO				

¿QUÉ?

¿DÓNDE?

EPISODIO CUATRO

EL IMPOSTOR DEL AUTOBÚS

Julia observó a los demás pasajeros del autobús. Estaba convencida de que uno era su perseguidor, la misteriosa silueta sombría que había estado siguiéndola hasta la parada del autobús. Pero ¿quién era ese pasajero? ¿Y cómo se había disfrazado?

¿QUIÉN ERA EL SEÑOR SOMBRÍO DISFRAZADO?

EL COMANDANTE GRANATE

Es el aclamado —y temido— líder de todo Draconia. O lo era, porque había pasado a ser un rebelde fugado. Pero ¿qué hacía subido a un bus?

(1,88 M • ZURDO • OJOS MARRONES • PELO CASTAÑO)

EL NUMERÓLOGO NOCHE

No solo sabe el valor de *X*, sino que sabe qué significa *X*.

(1,80 M • ZURDO • OJOS AZULES • PELO CASTAÑO)

LA DAMA OBSIDIANA

¿La famosa escritora de misterios cogía el autobús? ¿Por qué hay tanto famoso en ese bus?

(1,65 M • ZURDA • OJOS VERDES • PELO NEGRO)

EL DETECTIVE LÓGICO

¿El célebre detective se había subido a un bus en el pueblo de Julia?

(1,83 M • DIESTRO • OJOS MARRONES • PELO NEGRO)

Solución del Episodio Tres

¡Su perseguidor estaba en el bus, así que Julia se sentó en la última fila!

Lucas le había enseñado a Julia a confiar en su instinto y con Félix Felínez había aprendido a saber cuándo alguien la perseguía. Por eso se dirigió a la última fila del autobús, desde donde observó al resto de los pasajeros. Uno de ellos era el Señor Sombrío...

¿CÓMO SE HABÍA DISFRAZADO?

CON UN BIGOTE FALSO

Es el mejor disfraz del mundo mundial.

CON UNAS GAFAS ENORMES

Si a un famoso superhéroe le funcionan, seguramente también le servirían a una persona normal y corriente.

CON CEJAS FALSAS

Nunca unas cejas podrían ser tan grandes y prometedoras como las del Detective Lógico.

CON UNA PLACA CON EL NOMBRE

Si una persona se pone una placa en la que dice quién es y se le parece un poco...

PISTAS Y PRUEBAS

Para hacerse pasar por el Comandante Granate, debía utilizar un bigote falso.

El Numerólogo Noche llevaba sus icónicas gafas a todas partes, por supuesto.

El Detective Lógico no usaba ninguna placa con su nombre.

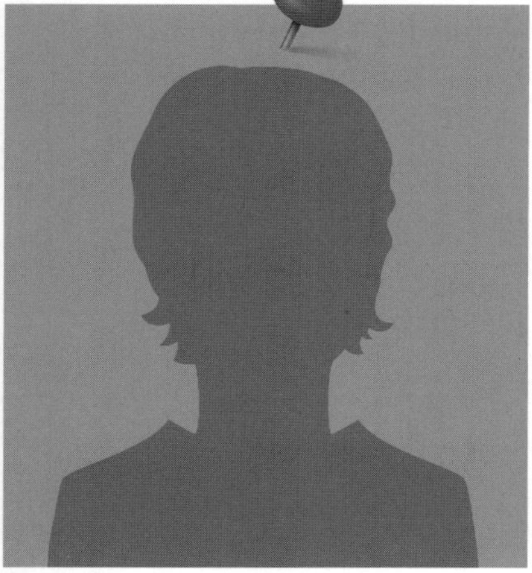

¡Lo que lo delató fueron las cejas falsas!

PISTA EXTRA

La Dama Obsidiana adoraba cómo se llamaba, así que a menudo se ponía una placa con su nombre para que todo el mundo supiera que era famosa.

QUIÉN

CÓMO	EL COMANDANTE GRANATE	EL NUMERÓLOGO NOCHE	LA DAMA OBSIDIANA	EL DETECTIVE LÓGICO
CON UN BIGOTE FALSO				
CON UNAS GAFAS ENORMES				
CON CEJAS FALSAS				
CON UNA PLACA CON EL NOMBRE				

¿QUIÉN?

¿CÓMO?

EPISODIO CINCO

EL GENIO DETRÁS DE LAS CEJAS

Cuando Julia vio quién se había puesto unas cejas falsas, al principio no lo reconoció...

—¿Para quién trabajas? —le preguntó, suponiendo que estaba al servicio de alguien

—¡No trabajo para nadie! —exclamó el tipo, que salió del autobús bajando de un salto.

¿QUIÉN ERA EL HOMBRE MISTERIOSO?

EL LEGENDARIO SILVERTON

Ganó el Oscar al Mejor Actor Novel y ahora es una leyenda. ¿Arriesgaría su fama por hacer el mal? Quizá lo hiciera si le pagaban bien.

(1,95 M • DIESTRO • OJOS AZULES • PELO PLATEADO)

EL CONDE EARL GREY

Un antepasado suyo inventó la bolsita de té y ganó trillones de euros, pero tanto dinero era un inconveniente. (Por ejemplo, ¿dónde debía guardarlo?).

(1,80 M • DIESTRO • OJOS MARRONES • PELO BLANCO)

EL DIRECTOR ÍNDIGO

En realidad, no fue el verdadero fundador de TekCo Futuros, pero compró la empresa con todas las de la ley, y eso legalmente es lo que importa.

(1,80 M • DIESTRO • OJOS VERDES • PELO CASTAÑO)

Solución del Episodio Cuatro

¡Era el Detective Lógico con cejas falsas!

—¿Qué dices? —exclamó el falso Lógico—. Soy yo, el Detective Lógico. Indaga en tus sentimientos y verás que es verdad.

—¡El verdadero Lógico jamás me diría que indagase en mis sentimientos! —dijo Julia.

Entonces el falso Lógico se dio cuenta de que había cometido un error y se quitó las cejas de mentira. Resultó que...

¿DÓNDE ESTABA SU CUARTEL GENERAL?

EN HOLLYWOOD

Es un lugar estupendo donde instalarse si te gustan la ostentación y el glamour.

(EXTERIOR)

EN TEKCO FUTUROS

Aquí es de donde salen casi todos los teléfonos del mundo y también la mayor parte de la basura.

(INTERIOR)

EN UNA MANSIÓN INGLESA

No deja de ser una casa enorme, pero tiene un nombre elegante porque a los ricos les gusta más así.

(INTERIOR)

¿QUÉ PRETENDÍA CONSEGUIR?

IMPEDIR QUE JULIA AYUDASE A SUS AMIGOS

Pero ¿por qué iba nadie a querer impedir que Julia ayudase a sus amigos?

ROBAR EL AUTOBÚS

¿De verdad se puede robar un autobús?

SER ESPÍA DE ESPÍA

El grupo ESPÍA siempre trama misiones con disfraces. Quizá esta fuera una de ellas.

PISTAS Y PRUEBAS

Seguro que el conde Earl Grey vivía en una mansión inglesa.

El Legendario Silverton no querría impedir que Julia ayudase a sus amigos.

El cuartel general del Director Índigo estaba situado en un lugar interior, sin duda.

El Legendario Silverton quizá había investigado cómo interpretar un papel llevando a cabo una misión secreta disfrazado.

Nadie que estuviera en el sitio donde se creaban todos los móviles iba a querer robar un autobús.

Julia estaba convencida de que querían impedirle ayudar a sus amigos.

PISTA EXTRA

Ese mismo día, pero algo más tarde, detuvieron al conde Earl Grey por robar un autobús.

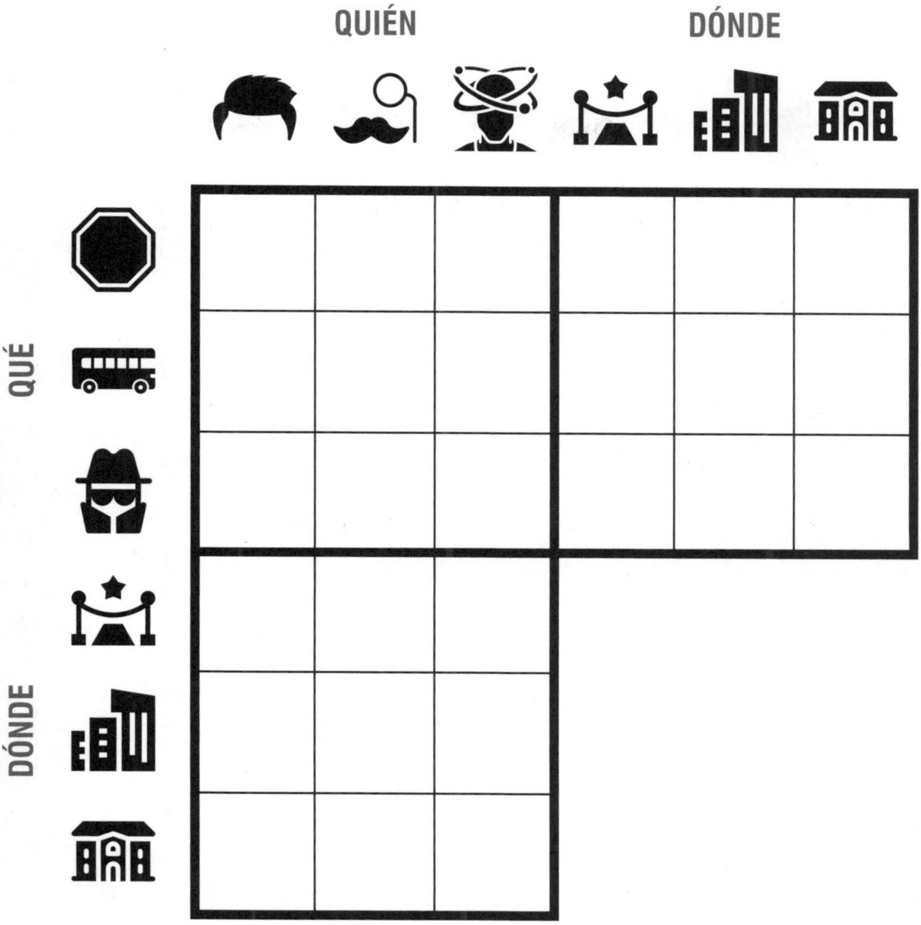

¿QUIÉN?

¿DÓNDE?

¿QUÉ?

EPISODIO SEIS

MISTERIO EN EL AEROPUERTO

Cuando llegó al aeropuerto, Julia tuvo que averiguar a toda prisa a qué avión debía subirse. Tenía que coger un vuelo para ir a la Administración Espacial, pero ¿por qué puerta debía embarcar y cuándo saldría el avión?

¿QUÉ PUERTA DEBÍA BUSCAR?

1

LA PUERTA 1

Era la puerta de embarque a la que resultaba más fácil llegar.

(TAMAÑO: ENORME)

2

LA PUERTA 2

Todos los asientos alrededor de la puerta estaban cubiertos de una sustancia pegajosa.

(TAMAÑO: PEQUEÑA)

3

LA PUERTA 3

Por desgracia, ¡esta puerta se encontraba en la otra terminal!

(TAMAÑO: DIMINUTA)

Solución del Episodio Cinco

¡Fue el Director Índigo, con cuartel general en TekCo Futuros, quien quería impedir que Julia ayudase a sus amigos!

Pero ¿por qué iba a querer el Director Índigo impedir que Julia ayudase a sus amigos? Y, si pretendía detenerla, ¿por qué había huido? ¿Qué escondía?

Julia pensó en todas esas preguntas hasta que el autobús llegó al aeropuerto.

¿CUÁNDO SALÍA EL AVIÓN?

EN ESE INSTANTE

Si ese era su avión, Julia iba a perderlo.

AL CABO DE DIEZ MINUTOS

Por desgracia, en ese caso, Julia tendría que correr.

AL CABO DE DOS SEMANAS

¡Era peor incluso que perder el vuelo!

¿QUIÉN ERA EL PILOTO?

LA CAPITANA PIZARRA

Vale, era la culpable de la muerte de su copiloto, pero ¡no fue sin querer!

(1,68 M • ZURDA • OJOS MARRONES • PELO CASTAÑO)

EL COSMONAUTA BLUSKI

Es uno de los mejores pilotos del mundo, pero también colaboraba con una violenta rebelión.

(1,89 M • ZURDO • OJOS MARRONES • PELO NEGRO)

EL SEÑOR GRISÁCEO

Está claro que es un ser humano real que había nacido y crecido en la Tierra.

(1,53 M • ZURDO • OJOS VERDES • CALVO)

PISTAS Y PRUEBAS

El avión de la puerta 3 iba a salir en ese instante.

Al Cosmonauta Bluski le permitirían pilotar su primer vuelo comercial al cabo de dos semanas.

La Capitana Pizarra no pilotaría el avión que salía de la puerta enorme.

El piloto de la puerta 3 era calvo. Y también había algo muy extraño en él.

¡Julia tendría que correr si quería coger el avión!

PISTA EXTRA

El Cosmonauta Bluski era el piloto del avión que salía por la puerta 1.

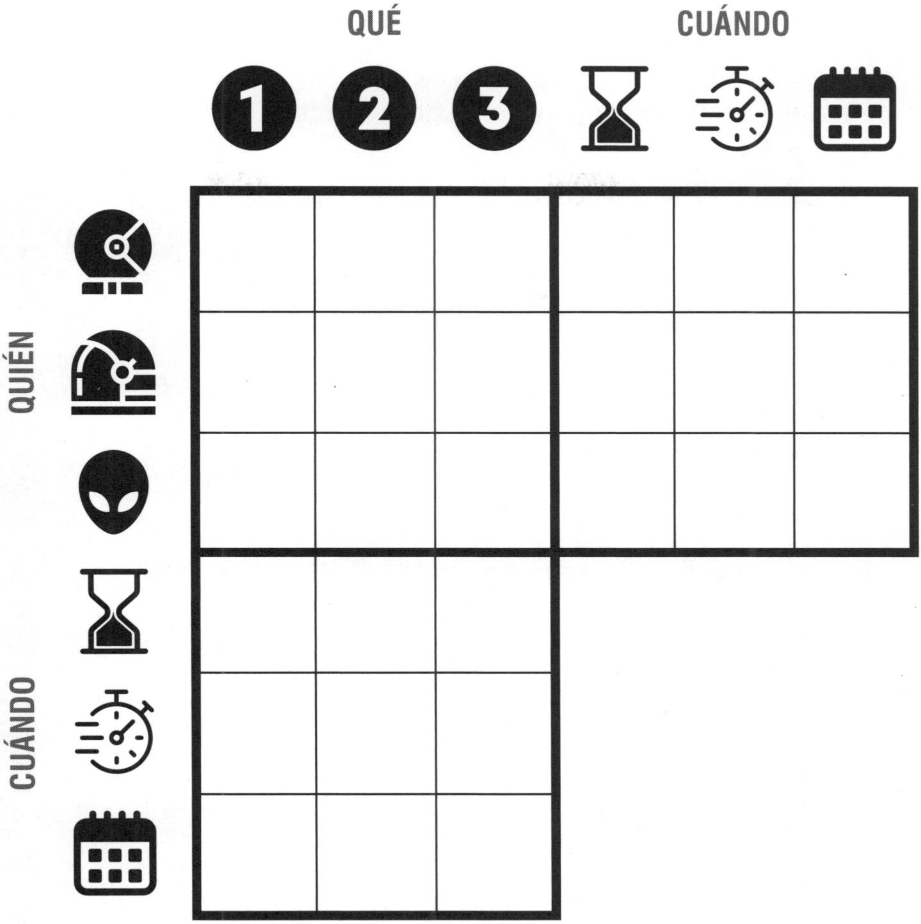

¿QUÉ?

¿CUÁNDO?

¿QUIÉN?

EPISODIO SIETE
EL MISTERIO DEL MANUAL DEL COHETE

Julia estaba a bordo de una nave espacial rumbo al espacio. Pero, a diferencia de cualquier vuelo comercial, donde podía pasar el tiempo resolviendo acertijos, tuvo que echar una mano en el lanzamiento de la nave. ¡El único problema era que resultaba imposible comprender las instrucciones!

¿QUÉ BOTÓN DEBÍA PULSAR?

EL BOTÓN ROJO

Ese botón seguro que lanzaba el cohete o lo hacía explotar.

EL BOTÓN AZUL

Desprendía una energía tranquilizadora.

EL BOTÓN VERDE

Por alguna razón, estaba pegajoso. ¡Qué asco!

EL BOTÓN DE CAMISA

Ni siquiera formaba parte del cohete. Se le había caído a alguien de la camisa.

Solución del Episodio Seis

¡El avión de Julia salía de la puerta 2 al cabo de diez minutos, y la Capitana Pizarra era la piloto!

Julia corrió con todas sus fuerzas y llegó a la puerta de embarque justo cuando la estaban cerrando. Entró en el avión de un salto y encontró el asiento que le correspondía. El Club de los Detectives contaba con un montón de recursos, pero los detectives viajaban en vuelos comerciales siempre que era posible.

Julia voló hasta la Administración Espacial y allí subió a bordo de un cohete con dirección al ovni.

¿DE QUÉ PALANCA DEBÍA TIRAR?

LA GRANDE

Era tan grande que debería empujarla con las dos manos.

LA PEQUEÑA

Bastaba con una sola mano para hacerlo. Era la típica palanca. Imagínate una palanca, pues esta era así.

LA MINÚSCULA

Julia podía tirar de ella con el meñique. Pero ¡con muchísimo cuidado!

NO DEBÍA TIRAR DE NINGUNA

También era posible que Julia no tuviese que tirar de ninguna palanca.

¿CUÁL ERA LA CONSECUENCIA?

LANZAR EL COHETE	¡Hacia arriba! Era adonde debía dirigirse Julia. Ojalá supiese controlar los mandos...
APAGAR EL COHETE	Así se apagaba el cohete, que tardaría más o menos un mes en reiniciarse.
ENCENDER EL AIRE ACONDICIONADO	¡A veces hay que encenderlo! ¡Además, en un cohete suele hacer un calor espantoso!
EXPLOTAR EL COHETE	No debería ser tan sencillo hacerlo explotar, la verdad, pero por lo visto sí que lo era.

PISTAS Y PRUEBAS

Según el manual, había que pulsar el botón azul al tirar de la palanca grande... Un momento, ¡entonces harían falta tres manos!

Si no quería que explotase el cohete, no debía pulsar el botón rojo. (Porque eso era lo que hacía el botón).

La palanca pequeña era la que controlaba el aire acondicionado.

No había que tirar de ninguna palanca para hacer estallar el cohete. ¿Tan fácil era?

Pulsar el botón verde era parte del proceso necesario para apagar el cohete.

¡Julia solo quería lanzar el cohete!

PISTA EXTRA

El botón de la camisa estaba conectado con el aire acondicionado, pero a saber por qué. ¿Sería un error de fabricación?

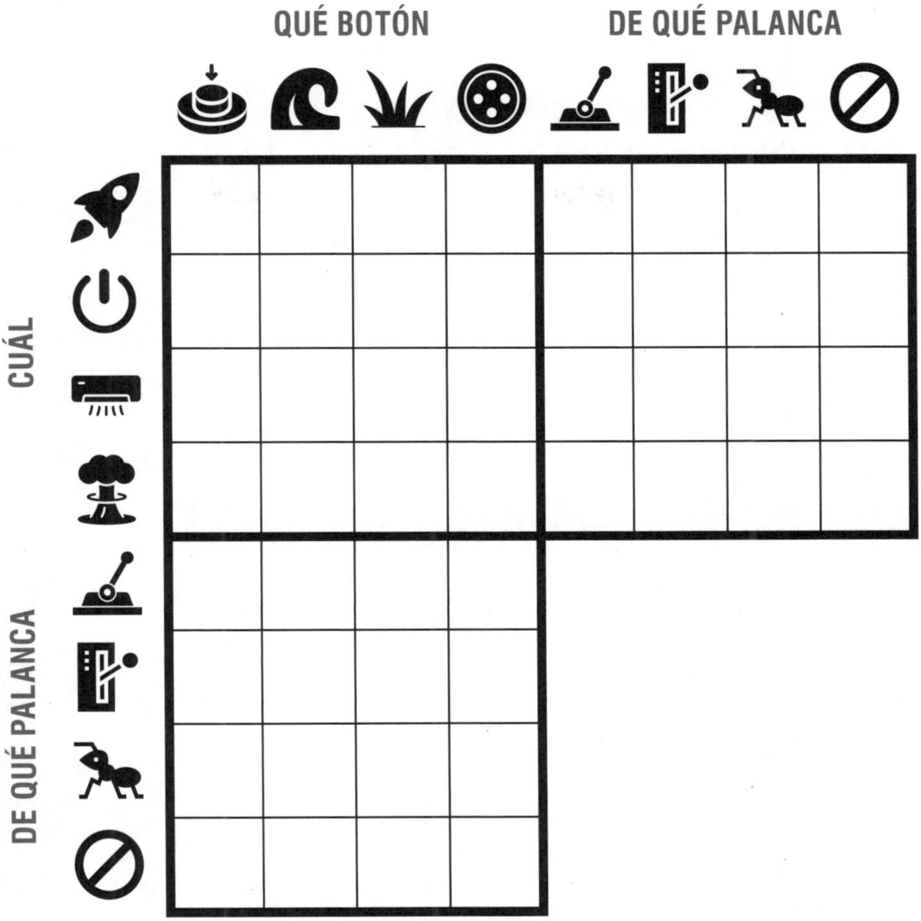

¿QUÉ BOTÓN?

¿DE QUÉ PALANCA?

¿CUÁL?

EPISODIO OCHO

UNA CARRERA HACIA EL ESPACIO

Julia estaba volando por encima de las nubes cuando, de pronto, ¡encontró un último y aterrador obstáculo que le impedía rescatar a sus amigos! Si quería esquivar el último ataque, ¡tendría que averiguar quién estaba detrás de él!

¿QUIÉN INTENTABA DETENER A JULIA?

LA AGENTE ALBARICOQUE

Forma parte de ESPÍA, una sociedad secreta dedicada a planes secretos.

(1,70 M • DIESTRA • OJOS VERDES • PELO NEGRO)

LA CAPITANA PIZARRA

Su último copiloto no volvió con vida. Esperamos que no se convierta en una costumbre.

(1,68 M • ZURDA • OJOS MARRONES • PELO CASTAÑO)

EL SEÑOR MARINO

Es el líder de la organización delictiva más grande del mundo. ¿A lo mejor te suena su nombre?

(1,88 M • ZURDO • OJOS AZULES • PELO RUBIO)

LA VICEPRESIDENTA MALVA

Vicepresidenta de TekCo Futuros, Malva es la visionaria que está detrás del metaverso, TekTopía. ¿Quería ella detener a Julia?

(1,77 M • DIESTRA • OJOS MARRONES • PELO NEGRO)

Solución del Episodio Siete

Julia pulsó el botón azul, tiró de la palanca grande y...
¡consiguió lanzar el cohete!

Tuvo que utilizar la nariz para pulsar el botón mientras tiraba de la palanca enorme. El cohete espacial se encendió con una fuerza tan instantánea y aterradora que a Julia le preocupó haberse equivocado y que la aeronave fuese a explotar. Pero, cuando el cohete empezó a elevarse, la Administración Espacial la felicitó:

—¡Muy bien hecho, Julia!

Julia se llevó una alegría por (1) no estar muerta y (2) poder ir a ayudar a sus amigos.

¿CÓMO PRETENDÍA DETENERLA?

CON UN ESCUADRÓN DE JETS DE COMBATE

Solo un escuadrón de combate podría derrotar a Julia.

CON UN TIRACHINAS DE ASTEROIDES

Con un tirachinas lo bastante grande, se puede lanzar todo un asteroide a una persona.

CON UN CAÑÓN LÁSER GIGANTE

Es muchísimo más caro que el cañón láser de tamaño normal y corriente.

CON UN MALVADO MONSTRUO ESPACIAL

A ver, seamos sinceros: si Julia fuese a enfrentarse a un malvado monstruo espacial, no podría hacer gran cosa.

¿QUÉ ORGANIZACIÓN ESTABA DETRÁS?

TEKCO FUTUROS

Es una empresa tan rica y poderosa que detener a Julia podría ser tan solo una misión secundaria.

ESPÍA

ESPÍA

Objetivo misterioso, historia misteriosa y técnicas misteriosas también.

[redacted]

Esta organización es tan secreta que no podemos ni imprimir su nombre en el libro.

EL EJÉRCITO DRACONIANO

Nada da más miedo que mil draconianos, salvo mil draconianos armados con espadas.

PISTAS Y PRUEBAS

Julia había oído decir a la Capitana Pizarra que estaba trabajando en fabricar un tirachinas gigante.

Ninguna de las organizaciones podía usar un monstruo espacial, salvo quizá [redacted].

Todo el mundo sabe que la Vicepresidenta Malva trabajaba para TekCo Futuros.

El Señor Marino no trabajaba para ESPÍA ni tenía nada que ver con ellos.

La Agente Albaricoque era una de las más famosas de ESPÍA, que sinceramente no es nada bueno para una agente secreta.

La Vicepresidenta Malva no tenía ningún cañón láser gigante (aunque lo deseaba, claro).

Julia sabía que estaba en apuros cuando un escuadrón de jets de combate apareció tras ella.

PISTA EXTRA

Gracias a sus contactos, la Capitana Pizarra había ofrecido sus servicios al ejército draconiano, que se enfrentaba a los rebeldes.

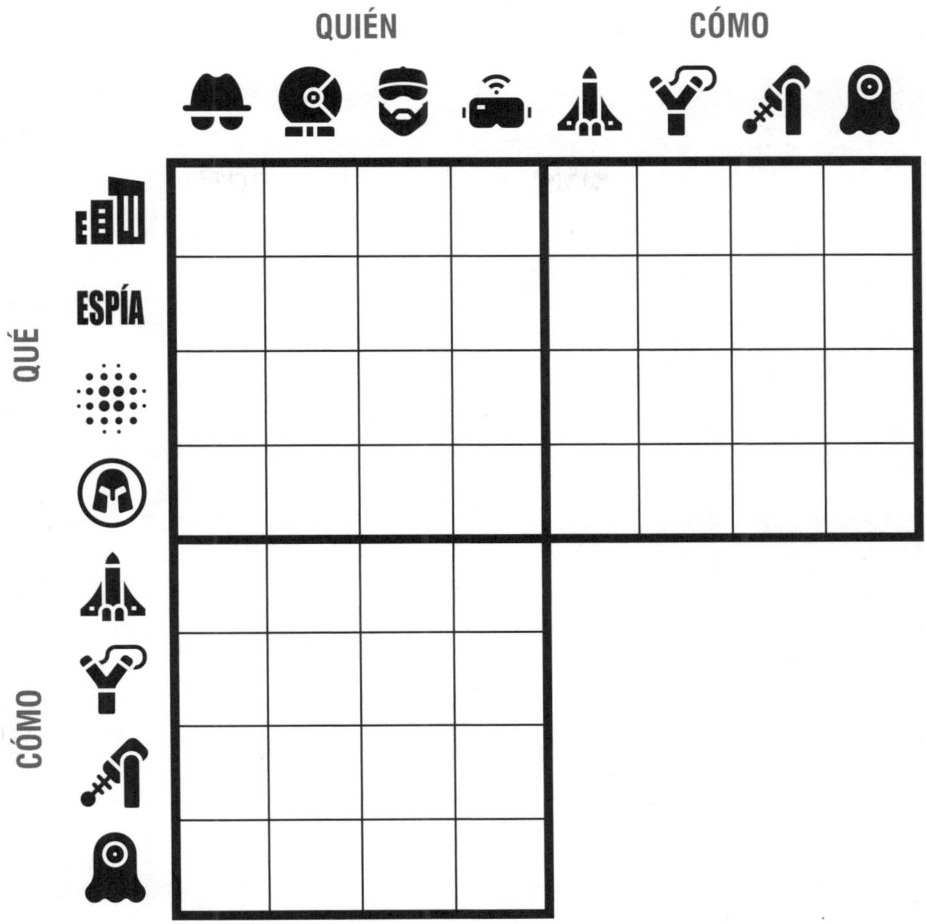

¿QUIÉN?

¿CÓMO?

¿QUÉ?

Solución del Episodio Ocho

¡Fue la Vicepresidenta Malva, que trabajaba para TekCo Futuros, con un escuadrón de jets de combate!

Por suerte para Julia, desde siempre había jugado a un montón de videojuegos y pudo conducir el cohete sin problemas. Después de esquivar a los jets de combate en varias ocasiones, consiguió huir hacia el espacio, donde no pudieran seguirla.

Entonces introdujo las coordenadas que le habían facilitado sus compañeros detectives júnior del Club de los Detectives. Cuando llegó junto a los demás, se llevó una gran sorpresa.

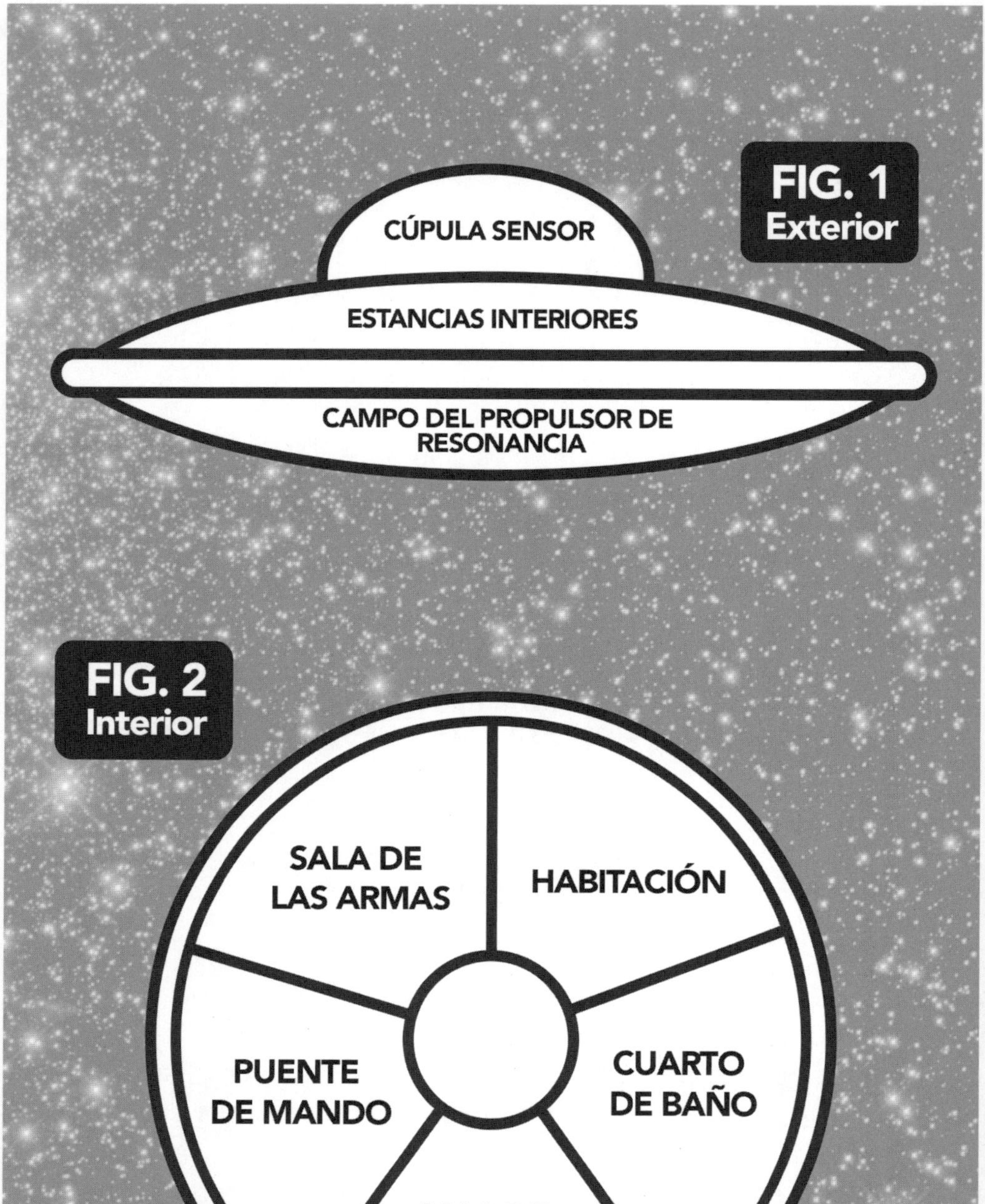

PRUEBA DOCUMENTAL E

UN PLANO DEL OVNI

TODA LA BANDA

EN

EL CASO EN EL ESPACIO EXTERIOR

LUCAS, FÉLIX FELÍNEZ Y OLIVIA HABÍAN RESUELTO SUS respectivos misterios, pero de repente vieron una luz intensa y fueron abducidos.

Este es el punto donde los habíamos dejado en la sección de *Cómo funciona*. Todos se despertaron en un ovni y al hacerlo vieron el cuerpo de un alienígena. Pudieron resolver el misterio sin problemas, ya que eran detectives júnior profesionales. Pero aún había muchos enigmas que desentrañar.

Por ejemplo: ¿cómo habían terminado a bordo del ovni?

¿Quién los había abducido?

Y quizá la incógnita más importante: ¿cómo podrían regresar a casa?

Todas esas preguntas acabarían respondiéndose con el tiempo, pero por el momento estaban tan perdidos entre tanto interrogante como lo estaban en el espacio.

Este es *El caso en el espacio exterior.*

EPISODIO UNO

SER MÁS RARO QUE UN OVNI

Olivia, Lucas y Félix Felínez siguieron al Señor Grisáceo y corrieron hacia la sala de las armas. Pretendían retener al alienígena e interrogarlo, pero cuando llegaron no pudieron hacerlo. ¡Estaba muerto! ¡Iban a tener que resolver su asesinato cuanto antes, si es que eso era posible!

¿QUIÉN LO HABÍA MATADO?

EL LEGENDARIO SILVERTON

Un aclamado actor de la época dorada del cine, pero ¿es oro todo lo que reluce?

(1,95 M • DIESTRO • OJOS AZULES • PELO PLATEADO)

LA ASISTENTE EJECUTIVA OLIVA

Su nombre se parece mucho al de Olivia, la detective júnior, pero son dos personas distintas. (Y no murió en el accidente del paracaídas, gracias por preguntarlo).

(1,71 M • DIESTRA • OJOS VERDES • PELO CASTAÑO)

LA COMANDANTE CORAL

Es la jefa de la Administración Espacial. Podría haberlo matado, pero solo si hubiera sido oportuno. (Coral es su apellido. No tiene nada que ver con la amiga de Lucas).

(1,98 M • DIESTRA • OJOS MARRONES • PELO RUBIO)

¡Detectives! La solución de cada misterio aparecerá escrita del revés al principio del siguiente. ¡No te adelantes hasta que creas saber quién es el culpable!

¿QUÉ USÓ PARA COMETER EL CRIMEN?

UNA PISTOLA DE RAYOS

Nadie sabe por qué rayos dejó su pistola ahí ni para qué sirve.

(PESO MEDIO • HECHA DE TECNOLOGÍA)

UNA PIEDRA PUNTIAGUDA

Incluso contra un alienígena, una piedra puntiaguda resulta ser una buena arma.

(PESO MEDIO • HECHA DE ROCA)

UN DISCO VOLADOR

Se parece a un frisbi. ¡Es como un frisbi con cuchillas alrededor!

(LIGERO • HECHO DE PLÁSTICO Y DE METAL)

¿DÓNDE ESTABA EL CULPABLE?

JUNTO AL OJO DE BUEY

Desde ahí se veía la negrura del espacio, que no era una vista precisamente estupenda.

JUNTO A LA TORRETA LÁSER

Es una especie de torreta que se puede controlar para disparar a otras aeronaves.

JUNTO A LA PUERTA DE SEGURIDAD

Por lo visto, se suponía que estaba cerrada, pero alguien ha garabateado el código para abrirla en la pared.

PISTAS Y PRUEBAS

El Legendario Silverton tenía una piedra puntiaguda.

Junto a la puerta había un disco volador.

La Asistente Ejecutiva Oliva no tenía un arma ligera.

No había ninguna roca puntiaguda junto a la torreta láser.

El Señor Grisáceo, si es que se llamaba así, yacía junto al ojo de buey.

PISTA EXTRA

La Asistente Ejecutiva Oliva admitió de buen grado que estaba intentando aprender a manejar la torreta.

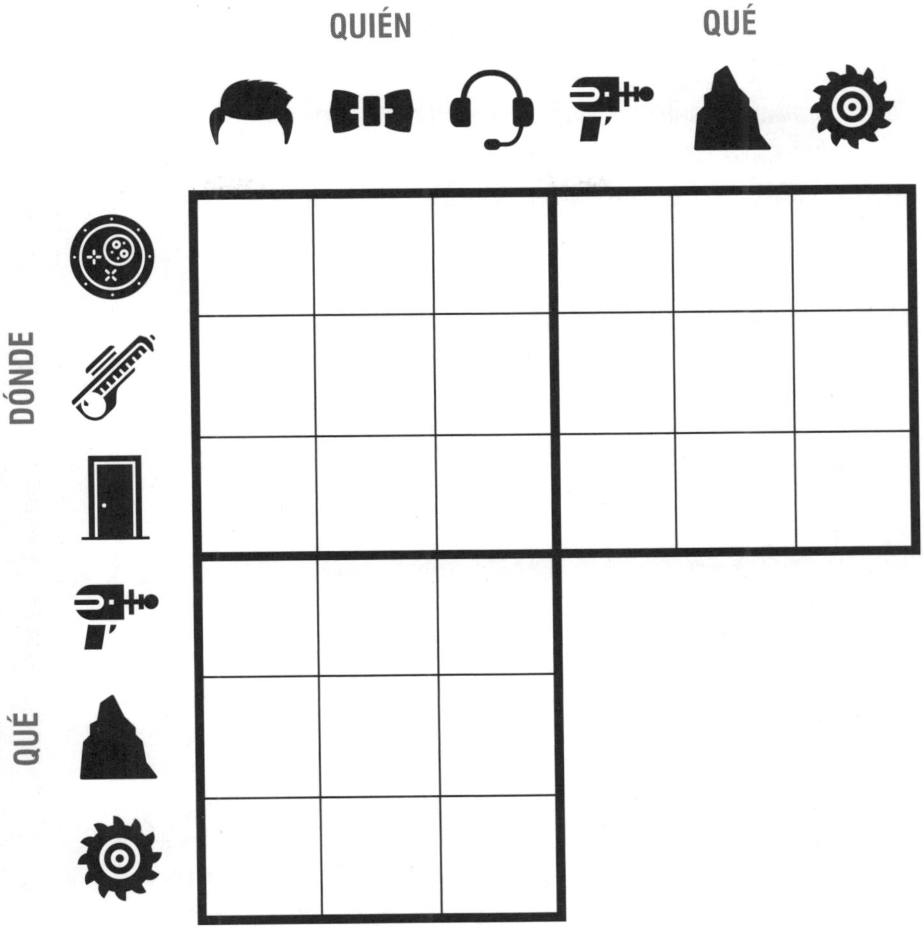

¿QUIÉN?

¿QUÉ?

¿DÓNDE?

EPISODIO DOS

¡UN RESCATE DESDE FUERA!

Justo cuando los detectives júnior creían que de verdad estaban metidos en un buen lío, de pronto apareció un aliado para rescatarlos. Aunque ellos reconocieron el rostro familiar, descubrir su identidad y qué arma empuñaba es un ejercicio destinado al lector.

¿QUIÉN LOS SALVÓ?

JULIA

Llevaba bastante tiempo intentando llegar hasta ahí. Este sería un momento estupendo para lograrlo.

(1,28 M • DIESTRA • OJOS VERDES • PELO RUBIO)

EL COMANDANTE GRANATE

Le gusta ayudar a gente por todas partes, y eso incluiría a los detectives júnior, ¿no?

(1,88 M • ZURDO • OJOS MARRONES • PELO CASTAÑO)

EL INSPECTOR IRRATINO

Quizá presintió que necesitaban ayuda y lo dejó todo para echarles una mano.

(1,89 M • ZURDO • OJOS VERDES • PELO CASTAÑO)

EL DETECTIVE LÓGICO

Si estar allí era lógicamente positivo para Lógico, sin duda se encontraría en el ovni.

(1,83 • DIESTRO • OJOS MARRONES • PELO NEGRO)

Solución del Episodio Uno

¡Fue el Legendario Silverton con una roca puntiaguda junto al ojo de buey!

—Vale, fui yo. Me parecía un poco raro que esa criaturilla corriese de un lado para otro. ¿Se suponía que debía dejarle merodear por ahí con la mochila cohete?

—Madre mía, pues sí que hay gente en este ovni —comentó Lucas.

—Debe de estar ocurriendo algo —dedujo Olivia—. Quizá saben cosas. —Pero, cuando los detectives comenzaron a hacer preguntas, ¡la Asistente Ejecutiva Oliva cogió el disco volador y se abalanzó sobre ellos! ¡Ay, ay, ay!

¿DE DÓNDE HABÍA SALIDO?

DE UN COHETE LLEGADO DE FUERA

Los detectives estaban en el espacio, así que era una de las maneras más fáciles de acercarse.

DEL INSTITUTO DE LA INVESTIGACIÓN

Parece más bien una organización terrenal, la verdad, pero hay muchos misterios que no comprendemos.

DE LA ACADEMIA DE LOS DETECTIVES

La Academia de los Detectives jamás abandonaría a un detective júnior, a no ser que fuese una prueba o que todos sus miembros estuvieran ocupados.

DE DRACONIA

Ah, Draconia, tierra de mil horrores. ¿Y quizá dispuesta a ayudar a los detectives júnior?

¿QUÉ ARMA TENÍA?

EL PODER DE LA LÓGICA

No es exactamente la mejor arma del mundo, pero tampoco es la peor.

(NO PESA • HECHO DE PENSAMIENTOS)

UNA ESPADA DE CRISTAL

El único inconveniente de esa maravillosa espada es que, como toque algo, se rompe.

(PESO MEDIO • HECHA DE CRISTAL)

UNA BAZUCA

«Solo tengo una bazuca, qué mala suerte», dijo nadie nunca.

(PESADA • HECHA DE METAL)

EL PODER DE LA AMISTAD (Y UN BATE)

Ah, el poder de la amistad..., combinado con el poder de un bate de béisbol.

(PESO MEDIO • HECHO DE AMOR Y DE MADERA)

PISTAS Y PRUEBAS

La base de operaciones del Comandante Granate estaba en Draconia, claro.

Irratino siempre operaba fuera del Instituto de la Investigación.

Lógico utilizaba el poder de la lógica, incluso en situaciones en las que no servía para nada.

La persona de la Academia de los Detectives no tenía ninguna bazuca.

Julia los habría salvado con el poder de la amistad (y con un bate).

Irratino no tenía un arma pesada.

En la Academia de los Detectives no enseñaban el poder de la amistad (ni tenían bates).

¡La persona que los salvaría había llegado con un cohete espacial!

PISTA EXTRA

El Comandante Granate nunca, o casi nunca, se dejaba ver sin su bazuca.

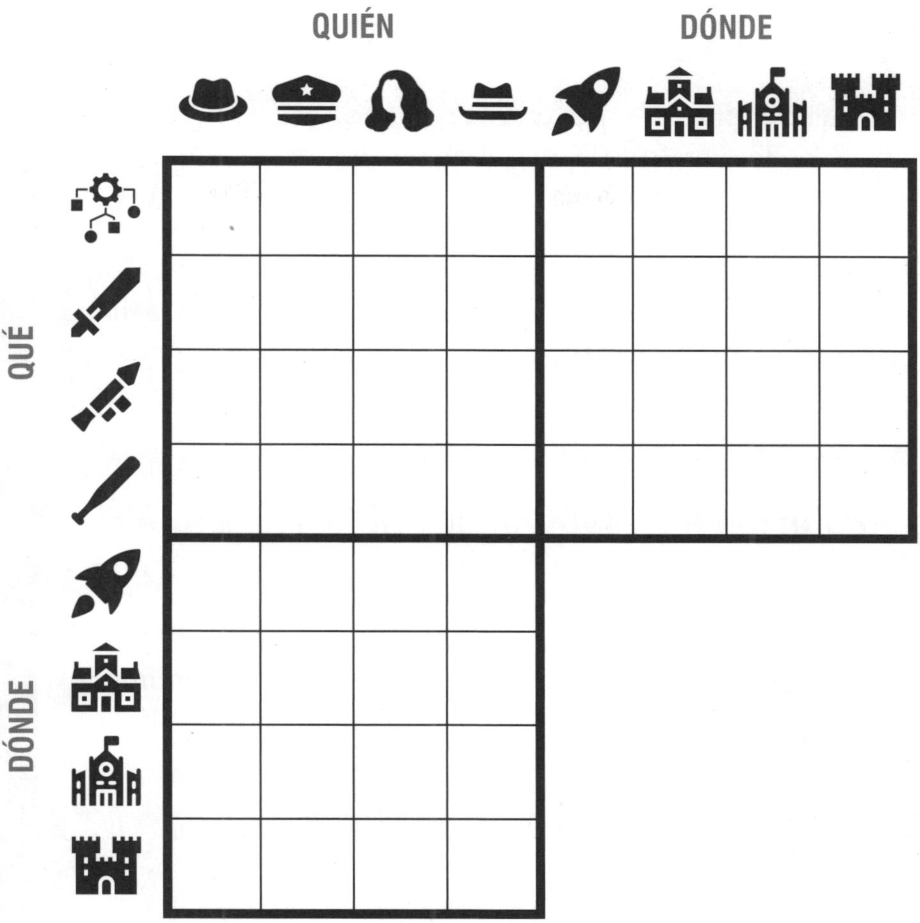

¿QUIÉN?

¿DÓNDE?

¿QUÉ?

EPISODIO TRES

ESTRELLARSE ENTRE ESTRELLAS

—Alerta roja —anunció con calma la voz del ordenador del puente de mando. Pero la calma era sumamente inapropiada, ya que el ovni se dirigía directo hacia la superficie de la Luna. Y no en este plan: ‹Ay, qué guay, vamos a visitar la Luna›, sino más bien en este otro plan: ‹Todos vamos a morir›. ¿Qué estaba causando a propósito que el ovni se estrellase y dónde iba a aterrizar?

¿QUÉ IBA A PROVOCAR QUE SE ESTRELLARAN?

UN IMPOSTOR A BORDO

¿En la nave espacial había un impostor? ¿Cómo podía ser posible?

EL MAL FUNCIONAMIENTO DEL PILOTO AUTOMÁTICO

A veces confundía arriba con abajo, y ese es el peor malentendido posible.

UNA FUGA DE AIRE

Nada da más miedo que mirar fuera del ovni y ver cómo se escapa todo el aire respirable.

UN RAYO GRAVITATORIO ALIENÍGENA

Es una especie de rayo de energía que controla el flujo de la gravedad. ¡Qué complicado!

Solución del Episodio Dos

¡Julia llegó con un cohete espacial y los rescató con el poder de la amistad (y con un bate)!

—¡Apártate! —le gritó Julia a la Asistente Ejecutiva Oliva—. ¡He venido a ayudar a mis amigos y a ondear el bate! —Para ilustrarlo, ondeó el bate, y todos sus amigos le dieron las gracias.

—¡Vale! —rezongó la Asistente Ejecutiva Oliva—. Pero, como no hagamos algo rápido, ¡moriremos todos!

—¿A qué te refieres? —le preguntó Olivia, la del nombre tan parecido.

—¡Nos vamos a estrellar!

¿DÓNDE IBAN A ATERRIZAR?

EN LA CARA OCULTA DE LA LUNA

La cara oculta de la Luna es supermisteriosa. ¿Qué hay allí? ¿Será peligroso?

EN EL CRÁTER DE OROETEM

Sería bastante irónico que aterrizasen en el cráter que había causado el impacto de un meteoro.

EN EL MAR DE LOS VAPORES

Un dato curioso: al principio, la humanidad creía que eran mares, pero realmente es lava seca.

EN EL PROYECTO CIENTÍFICO BASE LUNAR

Da igual el dinero que se gaste o la ciencia que se lleve a cabo allí, solo hace falta que un ovni se estrelle para ser considerado como desastre.

PISTAS Y PRUEBAS

Si el piloto automático funcionara mal, aterrizaría en la cara oculta de la Luna.

En los monitores apareció un mensaje ilegible: «NUA GUFA DE EIRA ON RÍAHA QUE CEYESAN NE LE TERCRÁ DE METEORO».

Un rayo gravitatorio alienígena los mandaría directos al Mar de los Vapores.

¡Iban a estrellarse en el cráter de Oroetem!

PISTA EXTRA

Reordenado, el mensaje de los monitores dice lo siguiente: ‹UNA FUGA DE AIRE NO HARÍA QUE CAYESEN EN EL CRÁTER DE OROETEM›.

QUÉ

DÓNDE	UN IMPOSTOR A BORDO	EL MAL FUNCIONAMIENTO DEL PILOTO AUTOMÁTICO	UNA FUGA DE AIRE	UN RAYO GRAVITATORIO ALIENÍGENA
EN LA CARA OCULTA DE LA LUNA				
EN EL CRÁTER DE OROETEM				
EN EL MAR DE LOS VAPORES				
EN EL PROYECTO CIENTÍFICO BASE LUNAR				

¿QUÉ?

¿DÓNDE?

EPISODIO CUATRO

¿QUIÉN ERA EL IMPOSTOR?

Cuando el humo se despejó y los detectives júnior se dieron cuenta de que no se habían hecho daño, lo primero de todo fue averiguar... ¡cuál de los cuatro era el impostor! Se trataba de un caso muy personal para ellos porque ninguno podía creerse que hubiera sido un compañero suyo, pero las pistas nunca mienten...

¿QUIÉN ERA EL IMPOSTOR?

LUCAS

Es probable que fuera capaz de encontrar un millón de formas de huir de una celda, pero ¿funcionaría alguna?

(1,32 M • ZURDO • OJOS MARRONES • PELO NEGRO)

FÉLIX FELÍNEZ

No se había inventado una cárcel que pudiera retener a Félix Felínez. Tan solo la cárcel del hambre.

(49 CM DE LARGO SIN LA COLA • GATIDIESTRO • OJOS VERDES • PELAJE CASTAÑO)

OLIVIA

Puede calcular las probabilidades de éxito de cualquier plan de huida y luego ordenar los resultados en orden descendente de probabilidad.

(1,28 M • DIESTRA • OJOS MARRONES • PELO CASTAÑO)

JULIA

Lo suyo es aplicar fuerza bruta sin dejarse llevar por la locura.

(1,28 M • DIESTRA • OJOS VERDES • PELO RUBIO)

Solución del Episodio Tres

¡A bordo había un impostor, y el ovni iba a estrellarse en el cráter de Oroetem!

—¡AAAH! —gritaron todos cuando la nave empezó a descender. No era lo más útil que podía gritarse, pero les resultó muy natural hacerlo.

En el monitor grande no parecía que fueran a estrellarse. Solo daba la sensación de que la Luna se iba volviendo cada vez más grande… y más grande… y más grande… Y entonces…

¡CATAPUM!

¿DÓNDE ESTABA EL IMPOSTOR CUANDO SE ESTRELLARON?

EN LA SILLA DEL CAPITÁN

Era la silla más grande de la sala, así que la persona que la ocupase sería la más poderosa.

EN EL MONITOR GRANDE

Mostraba cómo la Luna se volvía más y más grande justo antes de que se estrellara la nave.

EN EL PANEL DE CONTROL

Las luces parpadeantes y los botones resultaban muy confusos. Pero una cosa estaba clara: iban a estrellarse.

EN EL ASCENSOR ESPACIAL

Conectaba el resto del ovni a través de un par de puertas de apertura rápida.

¿QUÉ ESTABA USANDO PARA SABOTEAR LA NAVE?

UNA PLUMA ESPACIAL

Con un precio de miles de millones, esa pluma se creó para escribir en el espacio.

(LIGERA • HECHA CON DINERO)

UN LÁPIZ ESPACIAL

Es un lápiz normal y corriente, y también funciona en el espacio.

(LIGERO • HECHO DE MADERA)

UNA TABLETA ESPACIAL

Es una tableta espacial con pantalla táctil.

(PESO MEDIO • HECHA CON TECNOLOGÍA)

EL ESPACIO SIN MÁS

El espacio exterior es una poderosa arma en sí misma.

(NO PESA • HECHO DE NADA)

PISTAS Y PRUEBAS

Durante el accidente, Olivia se encargaba del panel de control.

Lucas tenía un arma ligera. No era un arma que no pesara nada, sino una que pesaba poco.

Lucas se encontraba en el ascensor durante el accidente.

La persona que estaba junto al gran monitor no tenía ninguna tableta espacial.

La persona que se hallaba en el panel de control podría usar el espacio como arma.

Félix Felínez estaba mordisqueando un arma de madera.

¡El impostor estaba usando una tableta espacial!

PISTA EXTRA

Olivia podría usar el espacio como arma si quisiera.

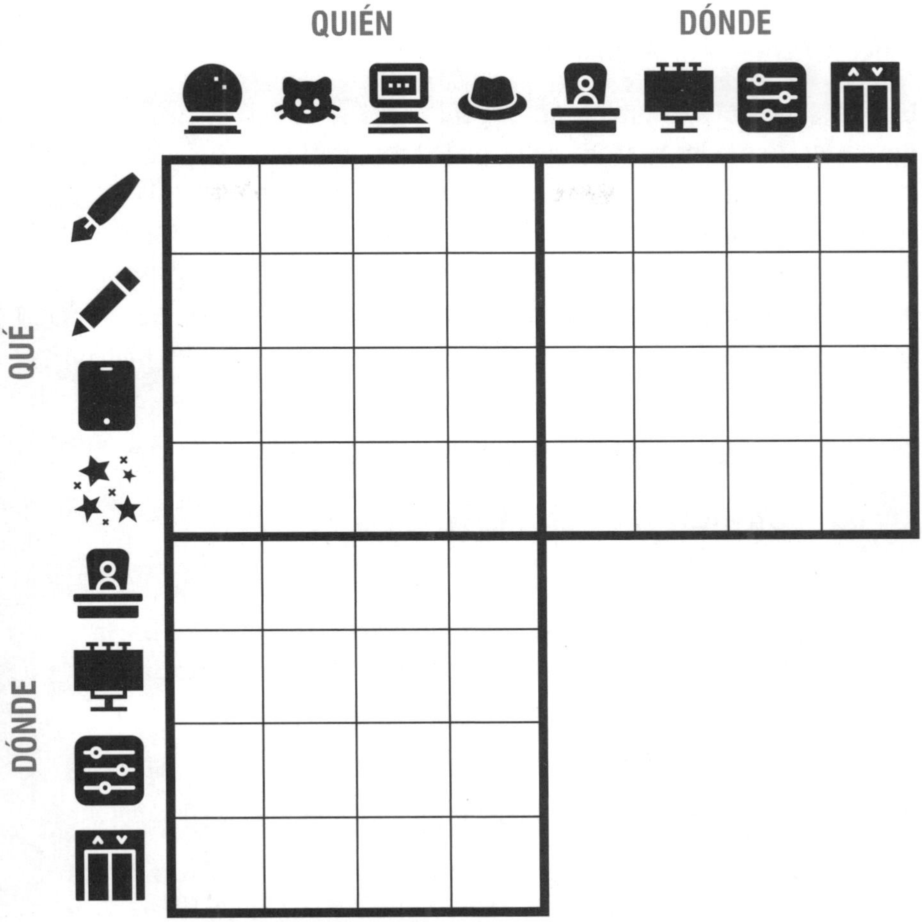

¿QUIÉN?

¿DÓNDE?

¿QUÉ?

EPISODIO CINCO

PASEANDO POR LA LUNA

Los tres detectives júnior, perseguidos sin descanso por la impostora Julia, corrieron por la superficie de la Luna. Sabían que iban a necesitar ayuda para salir de esta situación. Por suerte, Olivia había recibido un mensaje de un contacto que quería ayudar. ¡Ojalá pudieran averiguar de quién se trataba!

¿QUIÉN ERA EL CONTACTO SECRETO?

LA AGENTE ALBARICOQUE

Vale, sí, antes ha sido una supervillana, pero... ¿qué probabilidades había de que lo volviese a ser?

(1,70 M • DIESTRA • OJOS VERDES • PELO NEGRO)

LA SEÑORITA RUBÍ

Ya se había topado antes con el Club de los Detectives. Pero nunca pareció malvada, solo egocéntrica. ¿Tendrían el mismo objetivo?

(1,68 M • DIESTRA • OJOS VERDES • PELO ROJIZO)

EL SEÑOR MARINO

Es el líder de la organización de mayor influencia de la que nunca hayas oído hablar.

(1,88 M • ZURDO • OJOS AZULES • PELO RUBIO)

EL INSPECTOR IRRATINO

No es famoso por estar siempre en la Luna, pero sí lo es por ser de gran ayuda.

(1,89 M • ZURDO • OJOS VERDES • PELO CASTAÑO)

Solución del Episodio Cuatro

¡Fue Julia desde la silla del capitán con una tableta espacial!

Cuando Lucas lo afirmó, ¡los ojos de Julia se volvieron rojos de pronto! Se precipitó sobre los detectives júnior, y estos tuvieron que salir corriendo. Enseguida se pusieron el casco espacial —incluido Félix Felínez, pero el suyo tenía agujeros para las orejas— y huyeron por la superficie de la Luna, con Julia pisándoles los talones.

¿DÓNDE PODRÍAN REUNIRSE CON SU ALIADO?

EN EL PROYECTO CIENTÍFICO BASE LUNAR

A Félix Felínez no le hacía muchísima gracia regresar allí, pero siempre y cuando no hubiera ningún perro...

(INTERIOR)

EN EL LUGAR DEL ACCIDENTE

Estaba formado por piezas del ovni y humo, así que no era el sitio más seguro donde reunirse.

(EXTERIOR)

EN EL ESPACIO EXTERIOR

Muchas veces, cuando alguien te propone quedar en el espacio exterior, solo intenta tomarte el pelo.

(MUY EXTERIOR)

EN EL CENTRO DE LA LUNA

Si había un ascensor sería una pasada. Pero, si no lo había, sería un camino muy muy largo.

(INTERIOR)

¿CÓMO LOS SACARÍA EL ALIADO DE AHÍ?

CON UN CARRITO LUNAR

Además de botellas de oxígeno, tenía cuatro ruedas y unos altavoces estupendos.

(MÉTODO MUY CHULO)

CON UN TÚNEL SECRETO

¿Un túnel secreto que atraviesa la Luna? Suena un tanto ridículo. ¿Será porque lo es?

(MÉTODO NO MUY CHULO)

CON UNA MÁQUINA DE TELETRANSPORTE

A ver, en la etiqueta ponía que era eso, pero quizá no fuese más que una caja de metal.

(MÉTODO SUPERCHULO)

DANDO UN LARGO PASEO

Si su aliado les dijera que debían dar un largo paseo sería algo muy frustrante.

(MÉTODO PARA NADA CHULO)

PISTAS Y PRUEBAS

La Agente Albaricoque era bastante mala, así que para escapar utilizaría un método no muy chulo o para nada chulo.

El Señor Marino era famoso por usar túneles.

En el espacio exterior no había carritos lunares.

Para poder llegar al centro de la Luna, habría que usar un túnel secreto.

Si debían regresar a la zona del accidente, seguramente les tocaría dar un largo paseo.

La Señorita Rubí no estaba en el espacio exterior, allí no había nada que robar.

¡El contacto secreto prometió ayudarlos a huir con un carrito lunar!

PISTA EXTRA

El Señor Marino se reuniría con ellos en el centro de la Luna, ¡un lugar de lo más apartado!

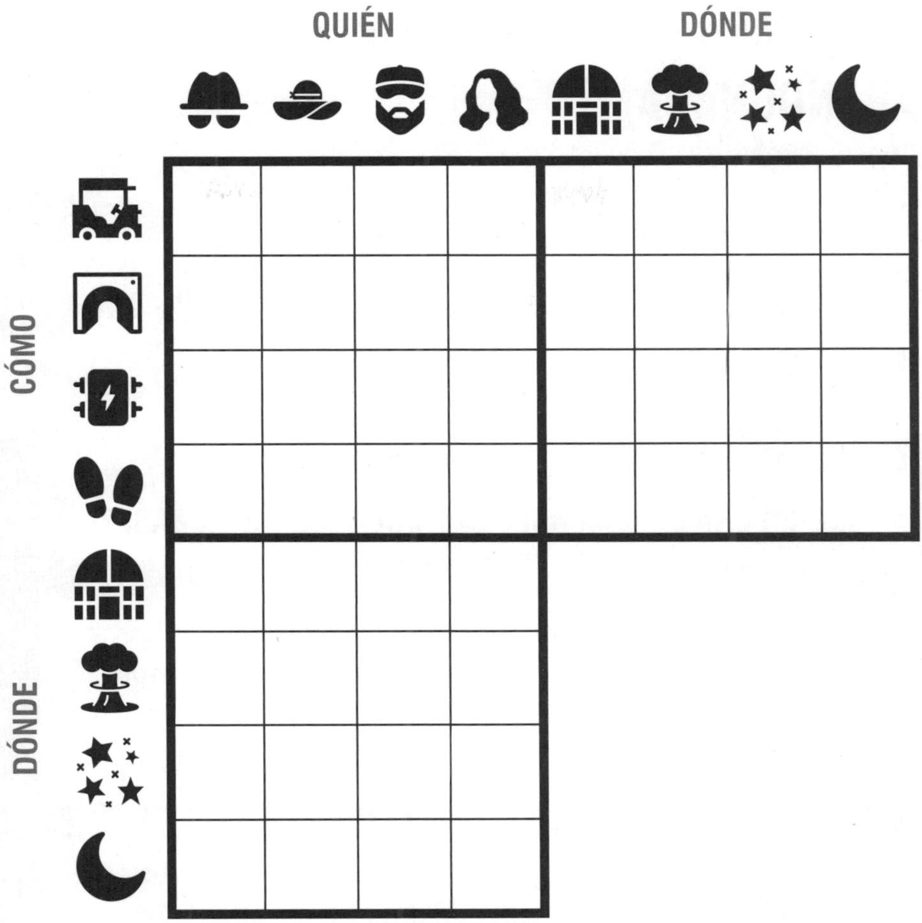

¿QUIÉN?

¿DÓNDE?

CÓMO?

EPISODIO SEIS

EL MISTERIO DE LA BASE LUNAR ABANDONADA

Cuando llegaron al Proyecto Científico Base Lunar, el sitio no era como lo recordaba Félix Felínez. En primer lugar, parecía muchísimo más grande. Y, en segundo lugar, casi todo había quedado destrozado. Era como si se hubiera librado una guerra. ¡¿Quién era el culpable?!

¿QUIÉN ERA EL CULPABLE DEL COLAPSO DE LA BASE?

LA SEÑORITA RUBÍ

Es una ladrona que ha robado tesoros por todo el mundo. ¿Lo haría también en la Luna?

(1,68 M • DIESTRA • OJOS VERDES • PELO ROJIZO)

LA CAPITANA PIZARRA

Siempre que haya un delito o crimen espacial, tiene que ser una de las principales sospechosas, la verdad.

(1,68 M • ZURDA • OJOS MARRONES • PELO CASTAÑO)

LA ASTRÓNOMA GEMA

Intentó que todos pensaran que los extraterrestres no existían. ¿Volvería a hacerlo?

(1,60 M • DIESTRA • OJOS AZULES • PELO GRIS)

LADRÍN, EL PERRO ESPACIAL

Colaboró en la destrucción de una base lunar. ¿Habría vuelto a intentarlo?

(34 CM DE LARGO • PERRIZURDO • OJOS VERDES • PELAJE CASTAÑO)

Solución del Episodio Cinco

¡El contacto era la Señorita Rubí, que estaba en el Proyecto Científico Base Lunar, y los sacaría de allí con un carrito lunar!

—¡¿Vamos a fiarnos de la Señorita Rubí?! —exclamó Lucas.

Pero a Félix Felínez le daba lo mismo. ¡Que fuese una ladrona de joyas internacional no significaba que no pudieran confiar en ella cuando los perseguía una impostora de ojos rojos!

Corrieron hacia la base lunar para reunirse con su antigua enemiga.

¿CÓMO SE LA HABÍA CARGADO?

PRENDIÉNDOLE FUEGO

En el espacio exterior, no hay oxígeno para encender un fuego. Habría sido necesario llevar oxígeno por su cuenta.

DÁNDOLES LA UBICACIÓN A LOS EXTRATERRESTRES

¿Eh? ¿Qué extraterrestres? ¿Qué quiere decir eso? ¿Los extraterrestres habían pasado por allí? ¿Seguían ahí?

PERDIENDO UNA BATALLA CONTRA LOS EXTRATERRESTRES

Surgen las mismas preguntas («¡¿Los extraterrestres existen?!»), pero la persona parece menos culpable.

DEJANDO QUE TODO SIGUIERA SU CURSO

No es una buena excusa, no, aunque explica muchas cosas que pasan en el mundo.

¿DÓNDE ESTABA EL CULPABLE?

SE HABÍA ESFUMADO	No había rastro, huellas, pruebas..., nada. ¡Se había esfumado como un fantasma!
POR DESGRACIA, HABÍA MUERTO	Qué pena. ¿Es una lástima porque murió antes de tener que enfrentarse a la justicia?
HABÍA HUIDO POR EL ESPACIO	Es uno de los lugares más amplios a los que huir. Se puede ir a cualquier parte.
OCULTO EN UNA GRIETA LUNAR	Un escondrijo estupendo, sobre todo con las sombras que hay en la superficie lunar.

PISTAS Y PRUEBAS

La Capitana Pizarra quizá hubiera prendido fuego al Proyecto Científico Base Lunar después de haber pasado por allí.

Félix Felínez creía de corazón que Ladrín había muerto, aunque no tuviese ninguna prueba. Dejemos que albergue esa esperanza.

¡La Astrónoma Gema habría huido al espacio si los extraterrestres hubiesen atacado!

¡Ladrín podría haber traicionado a la humanidad revelando la ubicación de la base!

La Señorita Rubí no era de esas personas que dejan que todo siga su curso.

Si alguien perdiese una batalla contra unos alienígenas, se esfumaría sin dejar rastro.

¡Y el culpable parecía haberse esfumado sin dejar rastro!

PISTA EXTRA

La Señorita Rubí era muchas cosas, pero no podría ganar una batalla contra los alienígenas. La perdería, por desgracia (para ella).

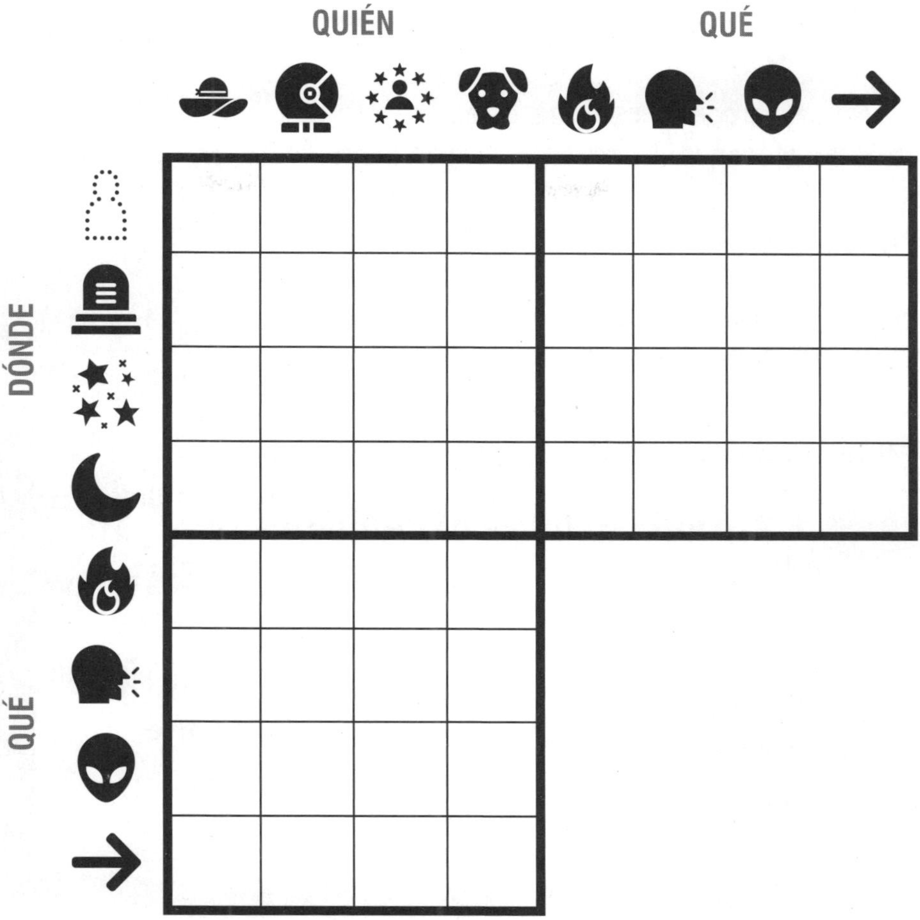

¿QUIÉN?

¿QUÉ?

¿DÓNDE?

EPISODIO SIETE

CIELOS, ¡LOS EXTRATERRESTRES ATACARON!

¡Cuesta no creer en los extraterrestres cuando te están atacando! De repente, el cielo negro de la Luna se llenó de insectos voladores enormes, espantosos y supurantes que intentaban devorar a nuestros detectives júnior. ¡Por suerte, un inesperado aliado los salvó de nuevo! ¡¿Quién era?! ¿Y cómo lo había conseguido?

¿QUIÉN PUDO AYUDARLOS?

JULIA

Si Julia era una impostora, la Julia real debía de estar en alguna parte.

(1,28 M • DIESTRA • OJOS VERDES • PELO RUBIO)

EL INSPECTOR IRRATINO

Para viajar al espacio y rescatar a la gente de los extraterrestres había que tener agallas, e Irratino siempre las ha tenido.

(1,89 M • ZURDO • OJOS VERDES • PELO CASTAÑO)

LA SEÑORITA RUBÍ

Vale, es una ladrona. Vale, ha robado un montón de cosas. Pero no mataría a tanta gente así como así, ¿verdad?

(1,68 M • DIESTRA • OJOS VERDES • PELO ROJIZO)

Solución del Episodio Seis

¡Fue la Señorita Rubí, que había perdido una batalla contra los extraterrestres y se había esfumado sin dejar rastro!

—¡¿Cómo ha desaparecido?! —preguntó Lucas—. ¿Se ha esfumado sin más?

Félix Felínez no lo dijo (en parte porque era un gato y no sabía hablar), pero le preocupaba que los extraterrestres hubieran hecho trizas a la Señorita Rubí.

—No me puedo creer que los extraterrestres existan... —murmuró Olivia. ¡Incluso después de todo lo que habían visto!

Pero lo que ocurrió a continuación pondría a prueba sus creencias.

¿DE DÓNDE HABÍA SALIDO?

DE DEBAJO DE LA SUPERFICIE DE LA LUNA

Casi nunca resulta positivo que algo salga de debajo de la tierra, las cosas como son.

APARECIÓ SIN MÁS

¿Apareció de repente y ya? ¿Como por arte de magia? Hum... ¿Pretendes que me lo crea?

DE LAS RUINAS DEL PROYECTO CIENTÍFICO BASE LUNAR

Quizá no estaba abandonado del todo. ¡Quizá había alguien allí esperando ser de ayuda!

¿QUÉ HIZO PARA AYUDAR?

AHUYENTAR A LOS EXTRATERRESTRES

El único problema de este plan es que cuesta encontrar algo más espantoso que esos alienígenas.

ELIMINAR A LOS EXTRATERRESTRES

El principal inconveniente del plan es que los alienígenas quizá tuviesen familia o amigos.

ENTABLAR AMISTAD CON LOS EXTRATERRESTRES

Hacerse amigo de un montón de alienígenas insectoides supurantes parece difícil..., pero no imposible.

¿CÓMO LO CONSIGUIÓ?

CON UNA PISTOLA DE RAYOS GIGANTE

Una pistola de rayos de tamaño normal no serviría.

(PESADA • HECHA DE PLÁSTICO)

0110
1001
1010

CON UNA ESPECIE DE CÓDIGO SECRETO

¿Qué es eso? ¿Cómo iba a ayudarlos? ¿Por qué pensaríamos que un código podría derrotar a los alienígenas?

(NO PESA • HECHO DE NÚMEROS Y LETRAS)

CON EL PODER DE LA AMISTAD (Y CON UN BATE)

La verdad es que es una opción muy fiable. Más gente debería usar esta combinación.

(PESO MEDIO • HECHO DE AMOR Y DE MADERA)

PISTAS Y PRUEBAS

La Señorita Rubí usaría una pistola de rayos gigante si fuese necesario.

La Señorita Rubí seguía en las ruinas del Proyecto Científico Base Lunar.

Para hacerse amigo de los alienígenas, había que usar un arma hecha (en parte) de amor.

La persona que apareció sin más sería capaz de eliminar a los extraterrestres. ¡Cuánto poder!

Julia no ahuyentaría a los alienígenas. Sería una forma fácil de perdonarles lo ocurrido.

Irratino seguro que intentaría hacerse amigo de los alienígenas, las cosas como son.

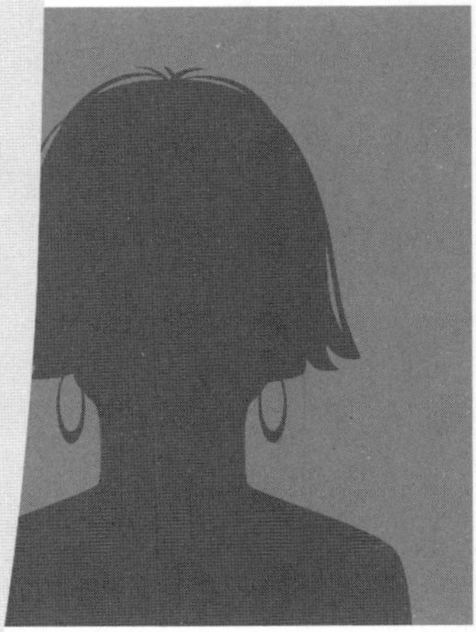

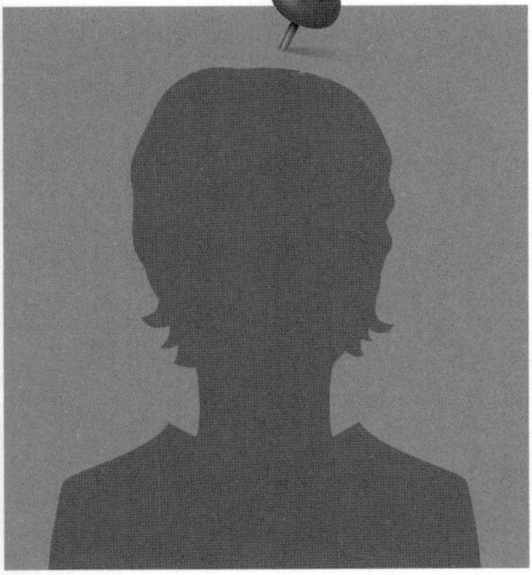

¡Su aliado usó una especie de código secreto!

PISTA EXTRA

En las ruinas del Proyecto Científico Base Lunar, había una pistola de rayos gigante.

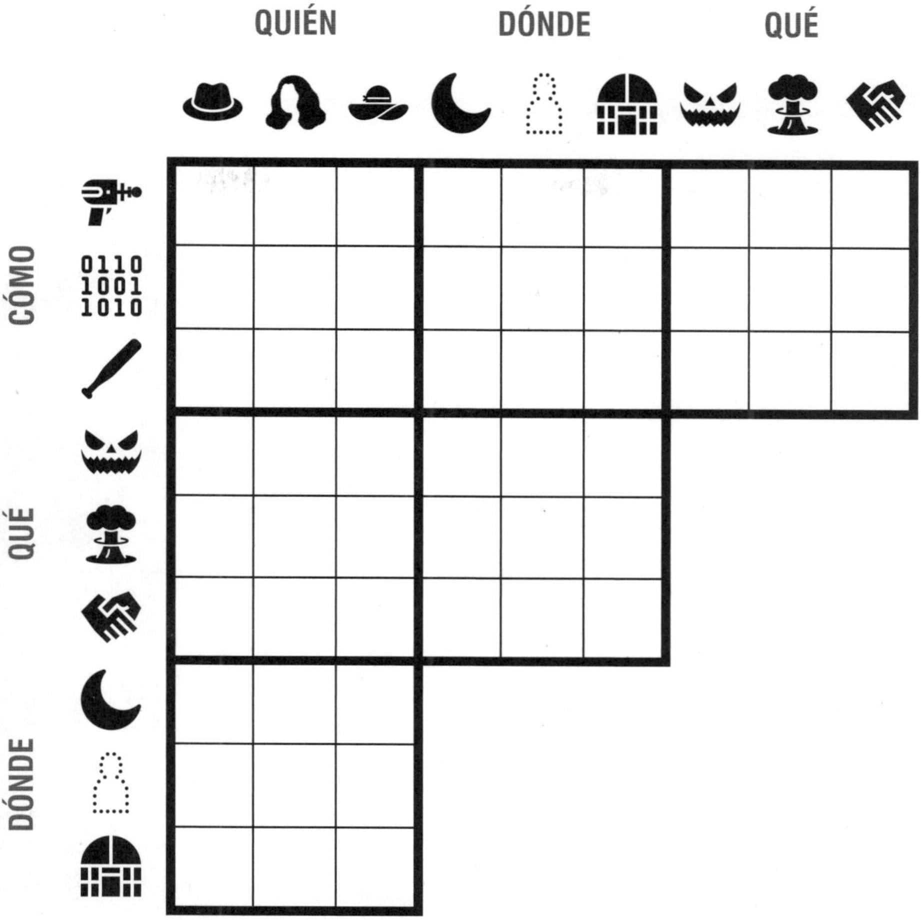

¿QUIÉN?

¿DÓNDE?

¿QUÉ?

¿CÓMO?

EPISODIO OCHO

LA GRAN REVELACIÓN FINAL

Julia sabía que ninguno de los demás detectives júnior la creerían si les contaba la verdad. No, deberían descubrirla por sí mismos. Ella les dio las pistas, y sus amigos ataron cabos a su lado.

¿QUIÉN ESTABA DETRÁS DE TODO?

EL COMANDANTE GRANATE

Es el líder de Draconianos Libres e intenta conquistar todo Draconia.

(1,88 M • ZURDO • OJOS MARRONES • PELO CASTAÑO)

EL DIRECTOR ÍNDIGO

No fue el verdadero fundador de TekCo Futuros, pero compró el título de fundador con todas las de la ley.

(1,80 M • DIESTRO • OJOS VERDES • PELO CASTAÑO)

PECANA

Quizá no parezca imponente. Quizá no parezca aterradora. Pero te aseguro que lo es.

(1,31 M • ZURDA • OJOS MARRONES • PELO CASTAÑO)

Solución del Episodio Siete

¡Fue Julia, que apareció sin más y eliminó a los extraterrestres con una especie de código secreto!

De repente, nuestra heroína Julia apareció en la Luna, y fue como si los demás detectives júnior hubiesen oído una melodía triunfal.

—¡Seis, ocho, cuatro, nueve! —exclamó Julia, y todos los alienígenas desaparecieron.

—¡¿Cómo es posible?! —gritó Olivia.

—¡Es un milagro! —se sorprendió Lucas.

—No es ningún milagro. —Julia negó con la cabeza—. ¡Es solo un misterio! Dejad que os lo explique.

¿DÓNDE SE URDIÓ EL PLAN?

EN TEKCO FUTUROS

La verdad es que han planeado cosas peores que una invasión alienígena. Por ejemplo, han inventado las clases en línea durante los días de nieve.

EN LA ADMINISTRACIÓN ESPACIAL

¿Creemos que la Administración Espacial se compinchó con los extraterrestres?

EN EL PROYECTO CIENTÍFICO BASE LUNAR

Vale, estaba destruido, pero antes de destruirse podría haber servido de estupendo cuartel general.

¿QUÉ ESTABA OCURRIENDO EN REALIDAD?

ESTABAN ATRAPADOS EN UN MUNDO VIRTUAL

Podían entrar, pero no salir de él.

HABÍA UNA AUTÉNTICA INVASIÓN ALIENÍGENA

A veces la respuesta más sencilla es la verdadera. Pero ¿una invasión alienígena es la respuesta más sencilla?

ERA UNA OPERACIÓN DRACONIANA SECRETA

De acuerdo, hay muchísimos espías draconianos. Y, de acuerdo, podrían haber enviado misiones a la Luna.

¿POR QUÉ HABÍAN LLEGADO LOS EXTRATERRESTRES?

PARA CONQUISTAR LA TIERRA POR SUS RECURSOS

La Tierra tiene un montón de recursos. Si nosotros nos peleamos por ellos, ¿por qué no iban a hacer lo mismo unos alienígenas?

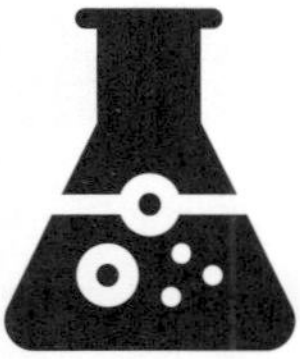

PARA HACER UNA ELABORADA PRUEBA BETA

Cuando se lanza algo al público, a veces es interesante hacer pruebas concienzudas.

POR MOTIVOS POLÍTICOS

A menudo cuesta tanto comprender algo que la respuesta más sencilla pueda ser esta: «Es por motivos políticos».

PISTAS Y PRUEBAS

Si quisieras conquistar la Tierra por sus recursos, el plan lo urdirías en el Proyecto Científico Base Lunar.

Pecana estaba de visita en la Administración Espacial cuando se urdió el plan.

El Comandante Granate siempre había querido conquistar la Tierra por sus recursos.

Un inconveniente de la Administración Espacial era que siempre estaba envuelta en elaborada política.

El Comandante Granate no había visitado TekCo Futuros. Estaba en contra de las grandes empresas.

Al Comandante Granate le encantaban las operaciones draconianas secretas. ¡Las planeaba sin parar!

Pecana no se involucraría en atrapar a un montón de gente en un mundo virtual. No era su estilo.

¡Todo se había planeado en TekCo Futuros!

PISTA EXTRA

TekCo Futuros era el lugar perfecto donde hacer pruebas beta.

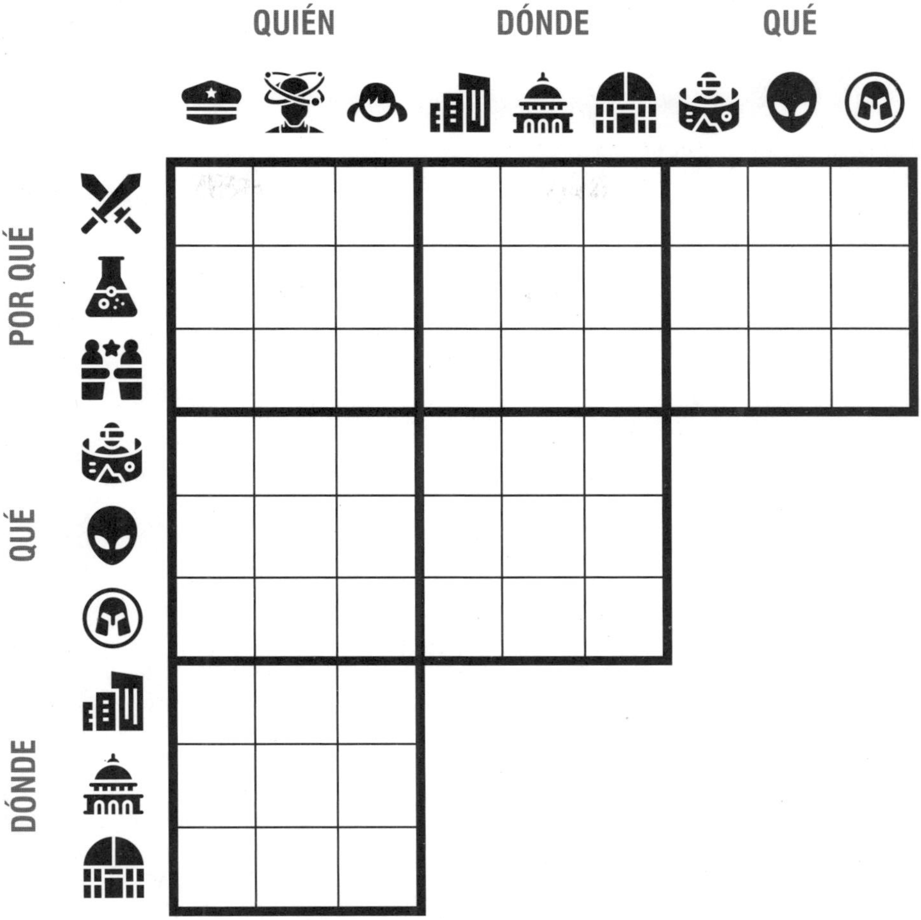

¿QUIÉN?

¿DÓNDE?

¿QUÉ?

¿POR QUÉ?

Solución del Episodio Ocho

Todos levantaron los brazos, se quitaron el casco de realidad virtual (era un poco difícil aprender a controlar los brazos reales en lugar de los del personaje cibernético) y vieron que se encontraban en la sala de pruebas beta de TekCo Futuros.

Evidentemente, había sido una experiencia estresante, pero tras descubrir lo que había ocurrido disfrutaron de una cena deliciosa y se pasaron el resto de la noche contándose historias sobre sus experiencias en el videojuego. Aunque hubiera sido una experiencia horripilante, todos estuvieron de acuerdo en que el juego iba a ser un éxito absoluto.

¡Fue el Director Índigo, y lo planeó en TekCo Futuros, donde todos estaban atrapados en un mundo virtual como parte de una elaborada prueba beta!

—¡¿QUÉ?! —gritó Olivia—. Imposible.

—¿Cómo que estamos en un mundo virtual? —Lucas también estaba confundido.

—Resulta que los alienígenas no os abdujeron, qué va —les explicó Julia—. Os abdujo TekCo Futuros para hacer una prueba beta de su videojuego *Ciberespacio 2048*. Una camioneta os secuestró, os pusieron un casco de realidad virtual y os metieron en el juego que pretenden lanzar al mercado mañana mismo.

—¡Papá! —gritó Olivia. Estaba muy molesta.

De pronto, en la superficie de la Luna apareció el Director Índigo. A diferencia de ellos, no llevaba traje espacial, ni siquiera casco, pero estaba fresco como una rosa.

—Hola, chicos. ¿Os está gustando el juego?

—¡Creíamos que íbamos a morir! —protestó Lucas.

—¡Estupendo! —respondió el Director Índigo—. En ese caso, los gráficos son buenos, el realismo también, las amenazas resultan creíbles y los retos son divertidos. Será un éxito rotundo.

De repente, muchas de las incoherencias cobraron sentido para Olivia. No solo los alienígenas se parecían a los de *Ciberespacio 2048*, sino que ¡también podían batir las alas en el espacio! Y un dato curioso: como en el espacio no hay aire, ni atmósfera en la Luna, batir las alas no serviría para volar. También eso explicaba por qué los ojos de la Julia impostora se habían vuelto rojos cuando los atacó, ¡tal como ocurre en el videojuego!

—Papá, ¡deberías dejar de hacer estas cosas! —regañó Olivia a su padre.

—No digas tonterías —contestó el Director Índigo—. Así es como funcionan los negocios. Para recompensar vuestra ayuda, voy a realizar una importante donación al Club de los Detectives. Lógico e Irratino se pondrán contentísimos, os lo aseguro.

Olivia no estaba tan convencida, pero ella y el resto de los detectives júnior no podían evitar el alivio de seguir con vida.

¡FELICIDADES, DETECTIVE!

Que hayas llegado hasta el final del libro demuestra que tienes todo lo necesario para ser un detective júnior. Ahora estás del todo cualificado para rellenar esta Tarjeta de Miembro del Club de los Detectives. ¡Enhorabuena, detective júnior, te la has ganado!

Un saludo,
Detective Lógico

SOLUCIONES

LUCAS EN *EL MISTERIO DEL CIELO*

EPISODIO UNO: ¡PUÑALADA EN LA FRENTE! (PÁG. 32)

La Capitana Pizarra | Con un nanobot controlado a distancia
La Astróloga Azul | Con un poderoso tirachinas
La Astrónoma Gema | Con una araña domesticada

EPISODIO DOS: UN EXTRAÑO AVISTAMIENTO DE NOCHE (PÁG. 36)

La explosión de una estrella | Justo debajo de Sirio
Un delfín volador | En la lente
Un ovni de verdad | Junto a la Luna

EPISODIO TRES: EL AMIGO DE LA ASTRÓLOGA (PÁG. 40)

El Inspector Irratino | En el laboratorio secreto
El Numerólogo Noche | En el Laberinto Imposible
La Capitana Pizarra | En el desván escalofriante
La Astrónoma Gema | En la biblioteca infinita

EPISODIO CUATRO: BIBLIOTECA DE MENTIRAS (PÁG. 44)

***Accidente en Nueva Égida* | En la sección de Historia**
Introducción a los triángulos | En el cajón cerrado de libros peligrosos
El catálogo infinito | En la mesa de la bibliotecaria
Una historia de Draconia | En la sección de Ficción

EPISODIO CINCO: ACCIDENTE EN NUEVA ÉGIDA: ¿TE LO PUEDES CREER? (PÁG. 48)

La Agente Albaricoque | Un rayo antimateria | En la zona del accidente

El Señor Grisáceo | Una esfera centelleante | En el Monte Égida

El Alcalde Miel | Un megáfono | En la plaza de la ciudad

EPISODIO SEIS: UNA EMBOSCADA EN LA BIBLIOTECA (PÁG. 52)

El Señor Grisáceo | Una bola de cristal | En la sección de Astrología

La Astróloga Azul | Un libro muy pesado | En la sección de Historia

El Numerólogo Noche | Las cartas del marot | En la sección de Ficción

EPISODIO SIETE: LA GRAN REVELACIÓN (SEGÚN LUCAS) (PÁG. 56)

El Señor Grisáceo | Exterminar a la humanidad | En el bosque misterioso

El Alcalde Miel | Se debía al miedo | En Hollywood

La Agente Albaricoque | Robar un montón de oro | En Nueva Égida

La Astrónoma Gema | Viajar a otro planeta | En el Instituto de la Investigación

EPISODIO OCHO: LA GRAN REVELACIÓN (SEGÚN LOS HECHOS) (PÁG. 60)

Medianoche Tercero | Con tecnología de proyección holográfica | Porque formaba parte de una campaña de publicidad

El Inspector Irratino | Con un ovni de cartón | Para demostrar que lo imposible era posible

La Astrónoma Gema | Con un traje de látex gris | Para fomentar la exploración espacial

El Director Índigo | Con simulación de realidad virtual avanzada | Por dinero

FÉLIX FELÍNEZ EN *EL MISTERIO DE LA BASE LUNAR*

EPISODIO UNO: LA CORAZONADA DE FÉLIX (PÁG. 70)

La Capitana Pizarra | Meterse algo en el bolsillo

El Doctor Roca | Merodear por ahí

Ladrín, el perro espacial | ¡Babear! (¡¿Te lo puedes creer?!)

EPISODIO DOS: CAOS EN LA BASE LUNAR (PÁG. 74)

Un frasco importante | En el laboratorio de ciencias
Un traje de astronauta | En el espeluznante cuarto de baño
Un saco de rocas lunares | En el dormitorio

EPISODIO TRES: ¡UN GRITO SORPRENDENTE Y SOSPECHOSO! (PÁG. 78)

El Inversor Verduzco | En el hangar
La Capitana Pizarra | En el gimnasio
El Doctor Roca | En el espeluznante cuarto de baño
El Señor Grisáceo | Afuera

EPISODIO CUATRO: UN ACERTIJO HORRIPILANTÍSIMO (PÁG. 82)

A un alienígena afuera | ¡¡¡UN SER GRIS!!!
A un horrible monstruo insecto | ¡¡¡MASA VERDE!!!
Una bomba con una cuenta atrás | ¡¡¡CUATRO!!! ¡¡¡TRES!!!
Un agujero en la pared | ¡¡¡VAMOS A MORIR TODOS!!!

EPISODIO CINCO: ¡DÍA SALVADO! (PÁG. 86)

El Inversor Verduzco | En el hangar
Ladrín, el perro espacial | En el dormitorio
La Capitana Pizarra | En el gimnasio
El Doctor Roca | En el laboratorio de ciencias

EPISODIO SEIS: LA VERDAD DE LO OCURRIDO (PÁG. 90)

Ladrín, el perro espacial | Pensaba que era un juguete que morder | Solo un perro
El Inversor Verduzco | Por dinero | Una alucinación
La Capitana Pizarra | Para hacer más ciencia | A un auténtico alienígena

EPISODIO SIETE: LA GRAN REVELACIÓN REAL (PÁG. 94)

La Capitana Pizarra | Matar a alguien en la base | En el hangar

El Doctor Roca | Seguir haciendo más ciencia | En el dormitorio

El Inversor Verduzco | Malversar un porrón de dinero | En el laboratorio de ciencias

El Señor Grisáceo | Invadir la Tierra | En la cara oculta de la Luna

EPISODIO OCHO: ¡LA HUIDA DE LADRÍN! (PÁG. 98)

Un agente de ESPÍA | Era el preludio de una invasión de insectos | A Nueva Égida

Una criatura extraterrestre | Apropiarse de la base lunar | Al Instituto de la Investigación

Un rebelde de Draconia | Robar la investigación científica | A las Montañas Locas

Un perro malvado normal y corriente | Babear sin más | A Hollywood

OLIVIA EN *EL MISTERIO DEL CIBERESPACIO*

EPISODIO UNO: UN PERSONAJE CON MUCHO CARÁCTER (PÁG. 108)

Una piloto espacial | Humana

Una esgrimista lumínica | Cíborg

Una derritementes | Grisácea

EPISODIO DOS: ¿NO HABÍA INSECTICIDA? (PÁG. 112)

A Noxian-8 | Un montón de insectos

A Calico-9 | Los grisáceos

A Aro-7 | Seres humanos normales

A X-Gnóstica | Nada

EPISODIO TRES: UN PROBLEMA CON CUATRO ROBOTS (PÁG. 116)

C-Lofán | «Error, error»

L-Fante | «Glorba glob»

Pista-Cho | «Nueve, cero, nueve, nueve»

Smrld | «Bip, bop, bip»

EPISODIO CUATRO: PROBLEMAS EN LA TORRE (PÁG. 120)

Por arriba | Una mochila cohete

Por debajo | Una autopala

Por la puerta principal | Un cañón

Por la entrada lateral cazabobos | Una vida extra

EPISODIO CINCO: UN TRAIDOR EN LA TORRE (PÁG. 124)

La Piloto Espacial Sol | En la azotea | Una motosierra gigantesca

El Esgrimista Lumínico Lamín | En la cantina | Un mapa de la torre

El Derritementes Mostaza | En el búnker | Un bláster horroroso

EPISODIO SEIS: UNA PISTA QUE CONFUNDE (PÁG. 128)

Pista-Cho | Al espacio | El fin del universo

El Derritementes Mostaza | Bajo tierra | Una esfera centelleante

La Piloto Espacial Sol | Por ahí | Un punto de guardado secreto

EPISODIO SIETE: ¿QUÉ LE PASA A LA ESFERA ESTA? (PÁG. 132)

La Piloto Espacial Sol | Con recompensas | Ser la bola de discoteca más grande del mundo

Pecana | Programándolos | Ser una buena fuente de luz

Pista-Cho | Con algún tipo de virus | Crear a los insectos

El Derritementes Mostaza | Pagándoles mucho dinero | Atraer a los insectos

EPISODIO OCHO: ¿QUIÉN ESTÁ DETRÁS DE LA PERSONA QUE ESTÁ DETRÁS DE LA ESFERA? (PÁG. 136)

El Director Índigo | Volver más fuerte a su personaje | En Nueva Égida

El Ejecutivo Espinaca | Retrasar el lanzamiento de Ciberespacio 2048 | En TekCo Futuros

Pecana | Adoraba a los bichos | En la cara oculta de la Luna

Pista-Cho | Intentar mejorar el juego | En las profundidades de Noxian-8

JULIA EN *EL CASO DE LA CARRERA ESPACIAL*

EPISODIO UNO: AQUÍ HAY GATO ENCERRADO (Y NO ES FÉLIX) (PÁG. 146)

La Agente Cobre | Una conversación por walkie-talkie

El Señor Sombrío | Unos pasos misteriosos

La Madre Malva | Unas vibras escalofriantes

EPISODIO DOS: MENUDO LÍO DE TRANSPORTE PÚBLICO (PÁG. 150)

La línea azul | A los acantilados

La línea roja | Al Sagrado Riñón

La línea verde | Al aeropuerto

EPISODIO TRES: LOS DELITOS NO DESCANSAN NUNCA (PÁG. 154)

El autobús estaba a punto de estallar | En el techo

El perseguidor también subió | En la última fila

El conductor no sabía conducir | En un asiento central en el medio

Nada | En la primera fila

EPISODIO CUATRO: EL IMPOSTOR DEL AUTOBÚS (PÁG. 158)

El Comandante Granate | Con un bigote falso
El Numerólogo Noche | Con unas gafas enormes
La Dama Obsidiana | Con una placa con el nombre
El Detective Lógico | Con cejas falsas

EPISODIO CINCO: EL GENIO DETRÁS DE LAS CEJAS (PÁG. 162)

El Legendario Silverton | En Hollywood | Ser espía de ESPÍA
El Conde Earl Grey | En una mansión inglesa | Robar el autobús
El Director Índigo | En TekCo Futuros | Impedir que Julia ayudase a sus amigos

EPISODIO SEIS: MISTERIO EN EL AEROPUERTO (PÁG. 166)

La puerta 1 | Al cabo de dos semanas | El Cosmonauta Bluski
La puerta 2 | Al cabo de diez minutos | La Capitana Pizarra
La puerta 3 | En ese instante | El Señor Grisáceo

EPISODIO SIETE: EL MISTERIO DEL MANUAL DEL COHETE (PÁG. 170)

El botón rojo | No debía tirar de ninguna | Explotar el cohete
El botón azul | La grande | Lanzar el cohete
El botón verde | La minúscula | Apagar el cohete
El botón de camisa | La pequeña | Encender el aire acondicionado

EPISODIO OCHO: UNA CARRERA HACIA EL ESPACIO (PÁG. 174)

La Agente Albaricoque | Con un cañón láser gigante | ESPÍA
La Capitana Pizarra | Con un tirachinas de asteroides | El ejército draconiano
El Señor Marino | Con un malvado monstruo espacial | [redacted]
La Vicepresidenta Malva | Con un escuadrón de jets de combate | TekCo Futuros

TODA LA BANDA EN *EL CASO EN EL ESPACIO EXTERIOR*

EPISODIO UNO: SER MÁS RARO QUE UN OVNI (PÁG. 184)

El Legendario Silverton | Una piedra puntiaguda | Junto al ojo de buey
La Asistente Ejecutiva Oliva | Una pistola de Rayos | Junto a la torreta láser
La Comandante Coral | Un disco volador | Junto a la puerta de seguridad

EPISODIO DOS: ¡UN RESCATE DESDE FUERA! (PÁG. 188)

Julia | De un cohete llegado de fuera | El poder de la amistad (y un bate)
El Comandante Granate | De Draconia | Una bazuca
El Inspector Irratino | De la Academia de los Detectives | Una espada de cristal
El Detective Lógico | Del Instituto de la Investigación | El poder de la lógica

EPISODIO TRES: ESTRELLARSE ENTRE ESTRELLAS (PÁG. 192)

Un impostor a bordo | En el cráter de Oroetem
El mal funcionamiento del piloto automático | En la cara oculta de la Luna
Una fuga de aire | En el Proyecto Científico Base Lunar
Un rayo gravitatorio alienígena | En el Mar de los Vapores

EPISODIO CUATRO: ¿QUIÉN ERA EL IMPOSTOR? (PÁG. 196)

Lucas | En el ascensor espacial | Una pluma espacial
Félix Felínez | En el monitor grande | Un lápiz espacial
Olivia | En el panel de control | El espacio sin más
Julia | En la silla del capitán | Una tableta espacial

EPISODIO CINCO: PASEANDO POR LA LUNA (PÁG. 200)

La Agente Albaricoque | En el lugar del accidente | Dando un largo paseo

La Señorita Rubí | En el Proyecto Científico Base Lunar | Con un carrito lunar

El Señor Marino | En el centro de la Luna | Con un túnel secreto

El Inspector Irratino | En el espacio exterior | Con una máquina de teletransporte

EPISODIO SEIS: EL MISTERIO DE LA BASE LUNAR ABANDONADA (PÁG. 204)

La Señorita Rubí | Perdiendo una batalla contra los extraterrestres | Se había esfumado

La Capitana Pizarra | Prendiéndole fuego | Oculto en una grieta lunar

La Astrónoma Gema | Dejando que todo siguiera su curso | Había huido por el espacio

Ladrín, el perro espacial | Dándoles la ubicación a los extraterrestres | Por desgracia, había muerto

EPISODIO SIETE: CIELOS, ¡LOS EXTRATERRESTRES ATACARON! (PÁG. 208)

Julia | Apareció sin más | Eliminar a los extraterrestres | Con una especie de código secreto

El Inspector Irratino | De debajo de la superficie de la Luna | Entablar amistad con los extraterrestres | Con el poder de la amistad (y con un bate)

La Señorita Rubí | De las ruinas del Proyecto Científico Base Lunar | Ahuyentar a los extraterrestres | Con una pistola de rayos gigante

EPISODIO OCHO: LA GRAN REVELACIÓN FINAL (PÁG. 214)

El Comandante Granate | En el Proyecto Científico Base Lunar | Era una operación draconiana secreta | Para conquistar la Tierra por sus recursos

El Director Índigo | En TekCo Futuros | Estaban atrapados en un mundo virtual | Para hacer una elaborada prueba beta

Pecana | En la Administración Espacial | Había una auténtica invasión alienígena | Por motivos políticos

AGRADECIMIENTOS

En primer lugar, me gustaría dar las gracias a todos los detectives júnior del Club de los Detectives. Vuestra curiosidad, cariño, valentía y amabilidad cambiarán el mundo.

Después, debo darle las gracias a Liz Kossnar, que no solo es una editora brillante, sino que también se ha convertido en mi amiga. Espero que, cuando lo lea, esté de acuerdo. Si no, será una situación algo incómoda.

También me gustaría darle las gracias a Abitha Ramachandran, que es una estupenda asistente. Sin ella, no habría podido terminar jamás este libro. Y mucha gente estaría enfadada conmigo. Y seguro que yo me habría perdido por ahí.

Una vez más, quiero agradecerle a Melissa Edwards que me llamase un día y me preguntase si estaría interesado en escribir un libro. ¡Muy buena idea, Melissa! Pero desde entonces has tenido un montón de ideas buenas. ¡Brindo por muchas más!

Por último, a Dani Messerschmidt, mi compañera y colaboradora. Muchas gracias, D. Por todo.

Annie Lesser

G. T. KARBER

creció en un pueblecito de Arkansas, hijo de un juez y una abogada de derecho civil. Ahora es escritor de misterios, programador informático y el creador de Murdle, la serie de libros de enigmas y misterios superventas del *USA Today* y del *Sunday Times*, disponible en más de treinta idiomas. Vive en Los Ángeles con Dani Messerschmidt y sus dos gatos, a quienes les encanta resolver el misterio de qué hay para cenar.

¡ESTO NO ACABA AQUÍ, DETECTIVE JÚNIOR!

LA INVESTIGACIÓN EMPIEZA EN MURDLE JÚNIOR 1:
CASOS CURIOSOS PARA MENTES CURIOSAS.

Y ACOMPAÑA A LA ASTUTA JULIA EN SU PROPIA NOVELA
DETECTIVES A LA CAZA.